文春文庫

鎌倉署・小笠原亜澄の事件簿

竹寺の雪

鳴神響一

文藝春秋

目次

本作品は「文春文庫」のために書き下ろされたものです。
なお本作品はフィクションであり、作中に登場する人名や団体名は、
実在のものと一切関係がありません。

DTP制作　エヴリ・シンク

鎌倉署・小笠原亜澄の事件簿

竹寺の雪

プロローグ

重苦しい雲が垂れ込めた冬の夕暮れ、竹林は風に揺れていた。

笹鳴りが遠い潮騒のように響いてくる。

竹の幹が軋む音が響いた。

「この庭で偶然にあなたと出会ったとき、こんな日が来るとは思わなかった」

オーバーコート姿の相木《あいき》昌史《まさし》は静かに言った。

「なにもおっしゃらないで……わたくしはあなたと一緒に生きられたことを幸せに思います」

和装コートを羽織った望月道代《もちづきみちよ》はうつむいていた白い顔を上げた。

「道代さん」

昌史の瞳を見つめて道代は言葉を続けた。

「この罪のために地獄の業火に焼かれても、わたくしには後悔はありません」

「罪ではない。たとえ、人の倫《みち》に背こうとも」

昌史の口調は誇らかに響いた。

「でも……」

道代は言葉を途切れさせた。

昌史と道代の顔がアップになる。

悲痛な表情で昌史と道代はお互いの顔を見つめ合った。

「いいのだ。僕たちにはこの生き方しか選ぶことはできなかったんだ」

両腕を開いて昌史は道代を迎え入れる姿勢をとった。

「昌史さん」

道代は昌史の胸に飛び込んだ。

身を離した昌史は、数粒の白い錠剤を掌に載せて道代の目の前に突き出した。

「さぁ、これを」

迷いのない昌史の声だった。

「はい」

道代の大きな瞳は澄み切っていた。

数秒の後。二人の生命の炎は消えようとしていた。

苦悶の表情は映らなかった。

二人は、スローモーションのようにゆっくりと散り敷かれた藁の上に倒れた。

倒れた二人の背中に細かい雪が降り積もってゆく。
寂寥《せきりょう》感漂うオーケストラが映写室いっぱいにひろがる。
画面の中央に白抜きの「終」という文字が浮かび上がった。
赤尾《あかお》冬彦《ふゆひこ》は手もとのリモコンで古いモノクロ映画を止めた。
少しだけ動画を戻して、昌史と道代が抱き合うシーンをリプレイする。
「ここだ」
低い声で赤尾はつぶやいた。
動画を停止させ、道代の左手首を食い入るように見つめる。
「やはり間違いない……はっきりと分かる。今度こいつを見せてやろう」
確信した赤尾は静止画像に見入ったままだった。
赤尾は背後に立つ人の気配を感じた。
振り返ろうと思った瞬間、赤尾の頭上からなにかが掛けられた。
「なにをするっ」
叫び声はひと言しか出なかった。
赤尾の首は強い力で絞めつけられた。
息ができない。
目の前に星が飛ぶ。

赤尾は必死で手足をバタつかせ、首に掛かった紐を外そうと暴れた。
だが、首を絞めつける力は強く、紐は外れない。
赤尾の意識は真っ暗な闇の底へと沈んでいった。

第一章　シネマの栄華

1

吉川元哉《きっかわもとや》は鎌倉駅から京急バスに乗り、報国寺最寄りの停留所で降りた。

新緑の香りを乗せたそよ風が、元哉の頰をなでてゆく。

「いい気持ち〜」

隣で小笠原亜澄《おがさわらあすみ》が両腕を空に上げて大きくのびをした。

「晴れたな」

元哉は気のない答えを返した。

「ゴールデンウィークから梅雨入り前ってさ、最高の季節だと思わない？　この季節は外に出るのがいちばんだよね」

亜澄ははしゃぎ声を出した。

「ああ、そうだな」

相変わらず冴えない元哉に、亜澄は口を尖らせた。

「なによ、その素っ気ない返事は」

突っかかるように亜澄は訊いた。

「別に……」

気持ちのよい気候だと元哉も感じている。

だが、自分たちはこれから殺人事件の現場《げんじょう》に向かうのだ。気候を楽しむ気になれない。

元哉は神奈川県警本部刑事部の捜査一課強行六係に所属する巡査長、亜澄は鎌倉署刑事課強行犯係の巡査部長だ。所属も違うので、直接の上下関係にあるわけではない。だが、管理官たちに何度もペアを組まされて、亜澄は自分が元哉の指導役であるかのような振る舞いを見せている。

残念ながら、今回の捜査本部でも組まされたのはこの女だった。

悪いことに、亜澄は元哉にとって幼なじみだった。二人は小中学校でも二学年しか違わない。

同じ神奈川県警の刑事のなかで男女の幼なじみは珍しい存在である。

さらに階級は亜澄が上で、元哉がなにかとあごでこき使われている。

元哉と亜澄のこんな関係を上層部がおもしろがっているせいで、二人はいつも組まされるのではないか。

元哉はそう考えている。

「感じ悪いよ。だからモテないんだよ。キミは」

口を歪めて亜澄はせせら笑った。

「小笠原に言われたくないわ」

元哉は吐き捨てるように言った。

「ハイネは『うるわしくも美しい五月』って詩を詠んで、この季節の美しさを讃えているんだよ。でね、シューマンが歌曲にしてるんだ」

亜澄は得意げに鼻をうごめかした。

「へぇ、意外と教養あるんだな」

からかうつもりはなかったが、皮肉に聞こえたかもしれない。

「失礼ね。あたしだってそれくらいのことは知ってるよ」

鼻から息を吐いて亜澄は憤然《ふんぜん》と言った。

「ドイツと日本じゃ、よほど気候が違うんじゃないか」

口まで出かかった言葉を元哉は呑み込んだ。

これ以上、険悪な雰囲気になっても、いいことはなにもない。

いままで亜澄の能力で解決に向かった事件はいくつもある。

性格には多々難があるが、亜澄が優秀な頭脳を持つことは、いちばん嫌な思いをさせられている元哉ですら否定できない。

「このあたりに食いもん屋なんか一軒もなかったけどな」

道のかたわらに建つレストランに目をやって、ごまかすように元哉は言った。

「元哉くん、報国寺に来たことあるんだ？」

一転して興味深げな笑みを浮かべて亜澄が訊いてきた。

「ずいぶん前だ。一〇年くらい前だろうな」

元哉は気のない答えを返した。

「へぇ、デートぉ？」

亜澄は立ち止まってニヤニヤ笑いを浮かべながら訊いた。

「どうでもいいだろ。そんなこと」

ムッとして元哉は答えた。

黙って亜澄はのどの奥で笑った。

たしかに別れた元カノと報国寺に遊びに来たことがあった。

元哉はムカついたが、相手にするとかえって厄介なのでスルーした。

「このあたりというか、鎌倉はどんどん変わってくよ。昨日あった店が今日はない、なんてことは珍しくないんだ」

したり顔で亜澄は言った。

「過当競争が激しいってことだな」

話題を変えるほうが得策だと元哉は考えた。

「そう、すごく変化が激しい。気に入っているお店とかがなくなると淋しいよ」

亜澄はかるく顔をしかめた。

「最近は鎌倉人気が過熱しているって話だからな」

ネットニュースかなにかで、元哉はそんな記事を読んだことがあった。

「そう、報国寺もね、圧倒的に観光客が増えたよ。それに外国人も多くなったって感じ」

報国寺のこぢんまりとした山門が右に見えている。

臨済宗の古刹《こさつ》で釈迦如来《しゃかにょらい》を本尊とするが、境内には約二〇〇〇本の孟宗竹林《もうそうちくりん》があって鎌倉には珍しい竹庭の人気が高い。

山門を潜って出入りするのはカジュアルな恰好の若い人々がほとんどだ。参拝客というより竹庭目当ての観光客が中心なのだろう。さまざまな国から訪れた外国人観光客と思しき姿も少なくはなかった。

「小笠原はほんとに鎌倉に詳しいな」

お世辞ではなく、元哉の本音だった。亜澄は本部から鎌倉署に異動してきてから一年ちょっとなのに、鎌倉のことについては実に詳しい。

聞き込み先に行くときにも、亜澄にまかせておけば元哉は地図を確認する必要もなかった。

その意味ではありがたい相方なのだが……。

「前に言ったけどさ。あたし鎌倉ファンなんだよ。鎌倉署に異動する前から、何度も鎌倉には遊びに来てるんだって」

背を反らして亜澄は答えた。

「そう言えば、そうだったな」

なんの気なく元哉は答えた。

そんな話は聞いたことがあった。

二人は生まれたときから平塚駅北口の商店街育ちで、小中学校も一緒だ。

元哉の祖父母は《吉川紙店》という文房具屋を開いていたし、亜澄の父親はいまも《かつらや》という呉服店を経営している。

平塚はよく言えば庶民的、悪く言うと品のない街だ。元哉も亜澄も平塚を愛することこの上ない。だが、正反対の雰囲気を持つ鎌倉に亜澄が憧れるのはわかる気がする。

「ここから、まだちょっとあるんだよ。しっかり歩いてよ」

　亜澄は姉貴風を吹かして上から目線で言った。

　まったく辟易《へきえき》する。足を鍛えている刑事に言う言葉ではない。

　だが、面倒くさいので、元哉は黙って報国寺前の少しだけ上り勾配のある道を歩き続けた。

　しばらく進むと、左手に青銅色の屋根を持つ古典的な木造建築が立派な門の向こうに現れた。

「うわっ、なんだ。あれは！」

　元哉は思わず叫んだ。

「いい加減にお屋敷に慣れようよ」

　あきれたような亜澄の声が響いた。

　たしかに捜査で鎌倉の豪邸を二人で何度も訪れているが、そう簡単に慣れるものではない。

「だけど、とてつもない屋敷だぜ」

　驚きの声が元哉の口から出てしまう。

「あれは旧華頂宮邸《きゅうかちょうのみやてい》だよ。昭和四年に華頂博信《ひろのぶ》侯爵邸として建てられたハーフティンバー様式の木造三階建ての豪邸なんだ。国の登録有形文化財にも指定されているんだよ。

県内にある戦前の洋風建築のなかでは鎌倉文学館になっている旧前田侯爵家別邸に次いで大きいんだ。両方とも鎌倉市が管理しているんだ」

亜澄は華頂宮邸に目を向けてすらすらと説明した。

「ああ、いつか麻里奈《まりな》さんが言ってたな」

元哉はかつて亜澄と扱った事件で出会った女性から聞いたことを思い出した。

「ここには用はないんだって。先に行くよ」

それだけ言うと、亜澄はスタスタと歩き始めた。

五分ほど歩いた頃だろうか、道路の左手に古風な洋館が現れた。

「ここだよ」

ツタの絡まる石垣塀の前で立ち止まって、亜澄は建物を指さした。

「この家もたいした豪邸だなぁ」

元哉は鼻から息を吐いた。

旧華頂宮邸には及ぶべくもないが、石壁が美しい二階建ての大きな家だった。

青銅の窓枠と格子を持つフランス窓が並んでいて瀟洒《しょうしゃ》なたたずまいを漂わせている。

二階のまん中あたりに大きな出窓が設けられていて豪華な印象だ。

なんという様式なのか元哉は知らないが、戦前に建てられた洋館のひとつのように思われる。

こんなデザインを真似た新しい輸入住宅は見たことがある。

この壮麗な家は、かつて銀幕で大活躍した人気俳優で、五〇年前に病死した故関川洋《せきかわよう》介《すけ》邸であった。

四月一〇日の夜、この屋敷に隣接する財団法人関川洋介記念館の映写室で一人の男が死体で発見された。

被害者はノンフィクション作家の赤尾冬彦という三八歳の男だった。

検視官の判断で遺体は司法解剖に回され、赤尾は紐状のもので絞殺されたことが明らかとなった。

赤尾は仕事の関連で記念館を訪れていた。

鎌倉警察署に捜査本部が立ち、亜澄と元哉は鑑取りにまわっていた。

鑑取り捜査とは、被害者の人間関係を洗い出し、動機を持つ者を探し出す捜査をいう。

これに対し、現場周辺の住宅などを回り、不審者の目撃情報や被害者の争う声などの情報を聞きまわる捜査を地取り捜査と呼ぶ。

ほかに遺留品などを調べる証拠品捜査が捜査の三本柱とも言える。

だが、事件発生からもうすぐ一ヶ月となるが、捜査はほとんど進展していなかった。

すでに初動捜査では何人かの捜査員が関川邸を訪ねている。

彼らの報告によって、事件当夜関川家にいた家族や家事使用人、訪問客にはアリバイがあり怪しい者はいないと判断されていた。

元哉と亜澄は、今回の捜査を仕切っている佐竹義男《さたけよしお》管理官から関川家の人々への再度の聞き込みを命ぜられたのだった。

青銅の門扉のかたわらには防犯カメラが取りつけられているが、このカメラから有力な情報は収集できていない。

亜澄は門扉に取りつけられたインターホンのボタンを押した。

「なんでございましょう」

すぐに年輩の女性の声で応答があった。

「神奈川県警です」

明るい声で亜澄は名乗った。

「少々お待ちくださいませ」

インターホンから緊張気味の声が返ってきた。

しばらくすると、玄関からセーター姿の七〇歳くらいの小柄な女性が現れた。

女性は早足で近づいてきて、門扉を開けた。

「お待たせ致しました。当家の使用人を束ねている芳賀高代《はがたかよ》でございます」

いくらか緊張した笑顔で高代は名乗った。

むかしで言うところの女中頭にあたる仕事をしている女性だろう。

「小笠原と申します」

「吉川です」

二人は警察手帳を提示して次々に名乗った。

「ご苦労さまです。今日はどのようなご用件でございましょうか？」

いんぎんな口調で高代は訊いた。

「関川家のご当主にお目に掛かりたいのです。それからこちらで働いている方にもお話を伺いたいです」

ていねいな口調で亜澄は答えた。

「奥さまはご病気で入院中ですが……」

とまどいの顔で高代は答えた。

「そうでした。奥さんの由布子《ゆうこ》さんは大船総合病院に入院中でしたね」

亜澄はちいさくうなずいた。

この豪邸の主である女優の関川由布子が入院中ということは、すでに捜査本部でも把握していた。

「もう一ヶ月以上、こちらにはお戻りになっていません」

暗い顔でうなずくと、高代は苦しげに答えた。

捜査員が入院中の関川由布子への聞き込みも行ったが、事件関係の情報はまったく得られていなかった。

「失礼しました。言い方が悪かったです。姪御《めいご》さんの森岡恵智花《もりおかえちか》さんのことです」

悪びれずに亜澄は言った。

今年二一歳になる恵智花は、由布子の妹の娘だった。

関川洋介からすればたった一人の孫に当たる女性ということになる。

彼女は関川邸の留守番をしているにすぎない。

亜澄が使った「当主」という言葉はあきらかに適切ではない。

だが現時点では、ほかには使用人だけが暮らすこの家で、中心人物と考えるべきは恵智花ということになるだろう。

「はい、恵智花さまはお部屋にいらっしゃいます」

やわらかい顔に戻って高代は答えた。

「ちょうどよかったです」

亜澄はにこやかに微笑んだ。

「お入りください」

高代は玄関の扉を開けて元哉たちを邸内に招じ入れた。

「おおっ」

広々としたエントランスホールに、思わず元哉は声を上げてしまった。

漆喰壁の内装が美しい。

模様の入った天井には、アールデコ風のガラスグローブが鈍い光を放っていた。

壁にもブラケットランプがいくつか並んでいる。

奥の正面には青銅の飾り手すりを備えたサーキュラー階段が弧を描いて二階へと続いていた。

元哉の二の腕を亜澄がつついた。

「お二階へお進みください」

高代は二階に手を差し伸べた。

廊下のまん中あたりに焦げ茶色の両開き木扉が設けられていた。

「こちらでございます」

高代がうやうやしく木扉を開けた。

2

元哉たちが通されたのは、二階の二〇畳くらいの広い応接間だった。

この部屋も漆喰壁のシックな空間がひろがり、ガラスグローブがやわらかな輝きを放っている。

外から見えていた大きな出窓が室内の中央部に穿《うが》たれていた。

窓の外では道の向こうの雑木林が明るい新緑に輝いている。

薄い茶色のレザーソファに、元哉たちは座った。

はっきりはわからないが、このソファも壁際のサイドボードもアンティークらしい。

長い時間を経た部屋のように、元哉には思われた。

部屋の奥の焦げ茶色の扉が開いた。

「いらっしゃいませ」

黒っぽいニットのワンピースを身につけたショートカットの若い女性が現れた。

女性は小ぶりなカップに入った紅茶をカフェテーブルに置くと、頭を下げて部屋を出ていった。

挙措《きょそ》から見て、どうやらこの家の家事使用人の女性らしい。

しばらく待つと、もう一度扉が開いてセミロングの若い女性がゆっくりと入ってきた。

ミントグリーンの細かいボタニカル柄のワンピースがすらりとした身体によく似合っている。

入院している伯母の由布子が女優だけあって、小顔に目鼻立ちの整ったかわいらしい子だ。

賢そうに光る大きな黒い瞳が魅力的だ。

元哉たちはいっせいに立ち上がった。

「はじめまして。神奈川県警の小笠原亜澄です」

「同じく吉川元哉です」

二人は次々に名乗った。

「ご苦労さまです。森岡恵智花です。お掛けになってください」

恵智花は口もとに笑みを浮かべて、澄んだ声で座るように奨めた。

元哉たちは奨めに従って椅子に腰を下ろした。

「素晴らしいお屋敷ですね」

亜澄は部屋中を見まわしながら言った。

「それほどのことはないと思いますが、昭和初期に建てられた家です。小峰朝泰《こみねともやす》子爵という華族の別邸だったそうです。その後、堀内《ほりうち》さんという実業家の手に渡り、祖父は一九七〇年頃に購入したらしいです」

淡々と恵智花は答えた。

「由緒あるお屋敷なんですね」

感心したように亜澄は言った。

「いいえ、鎌倉には近くの旧華頂宮邸をはじめ、もっと立派な建物がたくさん残っていますから……わたしも子どもの頃は横浜に住んでたんで、ちょくちょく来ていました。すごく憧れていましたが、いざ住んでみると隙間風が入って暖房効率が悪いなんて欠点がいくつもあるんですよ。意外と住みにくいんです」

　恵智花はふんわりと笑った。

「伯母さんの関川由布子さんが土地建物の所有権をお持ちなのですね」

　亜澄は念を押すように訊いた。

「はい、祖父の遺志により伯母はこの屋敷を相続し、母はお金や有価証券などの動産の大部分を相続しました。その頃、伯母はすでに女優としても活躍していて収入も多かったのです。これに比べて母は一介の貧乏画学生だったので、祖父は豊かに暮らせるように動産を与えたのです。その後、母は結婚してわたしを育てることに専念するようになり、画家としては大成しませんでしたが……伯母はいまも独身を通しています」

　恵智花のお嬢さんっぽい品のよさからしても、豊かに育ったことが窺《うかが》えた。

「なるほど、前にうちの捜査員が来ていろいろとお話を伺ったと思うのですが……」

　低姿勢で亜澄は事件のことを切り出した。

「はい、この家の者全員が話を訊かれました」

　恵智花は静かにうなずいた。

「同じことを伺うことになるかもしれませんが、お許しください」

　亜澄はかるく頭を下げた。

「午前中はとくに用事が入っていませんので大丈夫です」

さわやかな笑顔で恵智花は答えた。

素直な子だなと、元哉は好感を持った。

「あなたのお祖父《じい》さまの関川洋介さんは、大スターだったのですね」

亜澄は関川洋介のことを尋ねた。

昭和の銀幕スターだったので、元哉も名前くらいは知っていた。

だが、はるか昔に死んだので、出演作も含めて詳しいことはなにも知らなかった。

「祖父は一九七三年に心筋梗塞で急死しました。わたしが生まれるずっと前のことなので、会う機会はありませんでした。大正一二年……一九二三年生まれですので、生きていたら今年ちょうど一〇〇歳になるところです。五〇歳で世を去りましたから、もう完全に過去の人ですよ」

恵智花はちいさく笑った。

「生きていたら一〇〇歳ですか」

元哉は低くうなった。

「はい、近い年頃の役者さんには三國連太郎《みくにれんたろう》さんや小林桂樹《こばやしけいじゅ》さん、西村晃《にしむらこう》さん、佐田啓二《さだけいじ》さん、鶴田浩二《つるたこうじ》さんなんかがいますね。このなかにもう生きている方はいないですが」

たしかにいま恵智花が口にした俳優たちで存命の者は誰もいないはずだ。

「一九六〇年代には、二枚目ソフトスターとして大変な人気だったそうですね」

明るい声で亜澄は訊いた。

「ありがとうございます。祖父はアクション映画や時代劇などはほとんど出ずに、恋愛映画が中心でした。その頃は『第二の上原謙《うえはらけん》』なんて呼ばれていたそうです」

嬉しそうに恵智花は答えた。

「素敵ですね。でも、わたしなんかの世代だと上原謙さんなんかもよく知らないんです。お祖父さまくらいの世代の方は太平洋戦争なんかも経験しているんですよね？」

亜澄は少し頬を染めた。

過去の事件で戦争中の話なども出てきたが、元哉も亜澄も歴史のことには明るいとは言えない。

「ごめんなさい。わたしも歴史とかよくわからないんです……」

恵智花はちろっと舌を出した。

「やっぱりそうですよね」

亜澄は大きくうなずいた。

「ここからは母に聞いた話です。祖父は日本大学の芸術科に入学したんですが、在学中に徴兵されたそうです。幸いにも千葉県の高射砲部隊で無事に終戦を迎えたそうです。

デビューしたのは昭和二三年、一九四八年のことです。芙蓉《ふよう》映画の『燃える太陽』で、いきなり大スター若月礼子《わかつきれいこ》さんの相手役に抜擢《ばってき》されたそうです。それでブレイクしたんですね。まぁ、運がよかった人なんでしょう」

恵智花は謙遜気味に答えた。

「芙蓉映画というと、昭和初期に設立された大きな映画会社でしたよね」

亜澄は恵智花の顔を見て尋ねた。

「はい、東宝や東映、松竹と並ぶような存在でした。映画産業の斜陽とともに衰退して一九七一年に倒産し、事業は出版社などに引き継がれました。祖父はずっと芙蓉映画の仕事をしてきました」

ゆったりとした口調で恵智花は答えた。

「少しだけ勉強しました。『春の息吹』とか『秋霜烈日《しゅうそうれつじつ》』、『ハルニレの木陰』とか……わたし、『ハルニレの木陰』はＤＶＤで見ました。すごくいい映画でした」

ちょっと自慢げに亜澄は言った。

それにしても亜澄は勉強熱心だ。元哉は感心した。

「わたしも見ています。うちの記念館の映写室には祖父の代表作はだいたいそろっていますので。もちろん、いまおっしゃった映画も置いてあります。しかも三五ミリフィルムの状態のよいものです。ほかにブルーレイ版やＤＶＤ版も保存してあります。実はあの晩も赤尾先生は『竹寺の雪』を鑑賞していたんです……」

恵智花は言葉を途切れさせた。

「思い出したくないでしょうけど、あの日のことをもう一度、教えてもらえませんか」

亜澄は慎重な口調で訊いた。

「平気です。赤尾先生は個人的にはそんなに親しいわけではありませんから」

かすかに微笑んで恵智花は答えた。

「ありがとうございます」

亜澄は恵智花の顔を見て続きを促した。

「祖父の生誕一〇〇周年を記念して創藝春秋から『彩雲〜俳優 関川洋介の軌跡』という伝記本を刊行する予定になっていました。赤尾先生はこの本を書いてくださっていた作家さんです」

なるほど、それで赤尾は記念館を訪ねていたのか。

「伝記本は、どなたからのオファーで書き始めることになったんですか」

にこやかに亜澄は尋ねた。

「三年ほど前に、創藝春秋の編集者さんから伯母に声が掛かったようです。伯母は喜んでこの話を受けました。また、執筆への全面協力を申し出たのです。赤尾先生は一年ほど前から取材のために五度ほどこの家というか、記念館に来ていました」

恵智花は静かな声で答えた。

「では、赤尾さんと、このおうちの方は顔見知りだったわけですね」

畳みかけるように亜澄は訊いた。

「ええ、わたしをはじめ全員が何度か会っていますので」

「このお宅にお住まいの方を教えて頂けますか」

「事件当夜も入院中でしたが、伯母の関川由布子がこの家の当主です」

「人気女優さんですね」

だが、亜澄はそれきり関川由布子の出演作品名を出せなかった。

元哉は関川由布子の名前すら怪しかった。

「それほどの人気は出ませんでしたが……一九八七年の『椿の季節』が代表作ですね」

言い訳するように恵智花は言った。

「朝の連続ドラマですね！」

弾んだ声で亜澄は言った。

「もっとも主演ではなく、主人公の姉の役でした」

はにかんだ声で恵智花は答えた。

「ほかにはどなたがお住まいなんですか」

「あとは使用人さんたちです。リーダーの芳賀高代さん、それから、さっきコーヒーを運んでくれた服部優美《はっとりゆみ》さんと、クルマの運転や施設管理をしてくださっている寺西正雄《てらにしまさお》さん。この三人です。三人にこの家のことをすべてこなして頂いて、わたしは完全におまかせしちゃってるんです」

照れくさそうに、恵智花は笑った。

「芳賀さんと服部さんのお二人にはお会いしました」

「あとで寺西さんにもお引き合わせします」

「よろしくお願いします」

亜澄はかるく頭を下げた。

「そんなわけで、居候の身なのに、わたしなんにもしてないんですよ」

恵智花はちらっと舌を出した。

「居候ですか」

亜澄は意外そうな声を出した。

恵智花が醸しているのはこの家の令嬢という雰囲気だ。

たしかに居候という言葉は恵智花にはそぐわない。

「はい。もともとうちの一家は横浜の山手に住んでいました。母はわたしが中学生のときに病気で亡くなっていて、父と二人暮らしでした。父は総合商社に勤めているんですが、五年前にシンガポールに赴任することになりました。わたしはそのまま同じ高校に通い続けたかったので、シンガポールに行くのは嫌だったんです。そしたら、伯母が一緒に住もうって言ってくれたんです。山手のマンションは賃貸に出して、伯母の言葉に甘えて高二からこの家に住んでいます。芳賀さんや服部さんは伯母に対するときと同じように接してくださってるんですが、わたしは居候以外の何者でもないんです。この家も記念館同様に財団が受け継ぐべきだと考えています」

おもしろそうに恵智花は笑った。

「よくわかりました。ところで事件当夜はお客さまがいらしていたんですよね」

来客についての記録は、元哉たちも知っていた。

「はい、生前の祖父とは親しくなさっていた映画監督の本郷敏也《ほんごうとしや》さんがお見えでした。大船の病院に伯母をお見舞いに来てくださった帰りにいらっしゃったのです。本郷さんはこの家にも何度もお見えだったそうで、古くから勤めている芳賀さんとも仲よしなんです」

「なるほど……本郷監督といいますと、『湘南夏物語』や『ファクト』が有名ですよね」

亜澄はまたも弾んだ声を出した。

映画には詳しくない元哉も、本郷監督の名といくつかの作品名は覚えていた。

「たくさんの作品を世の中に送り出していらっしゃいます。当日はタクシーでお見えで、わたしや芳賀さんたちと夕食を一緒に召し上がっていました」

「その途中に事件が発生したのですね」

亜澄の言葉に、恵智花は少し引きつった顔でうなずいた。

「時間を追って説明して頂けますか」

やわらかい声で亜澄は促した。

「あの日は本郷監督がお見えになり、この部屋で赤尾先生がインタビュー取材をなさいました。四時から二時間くらいでしょうか……」

「そのとき赤尾さんに変わった様子はなかったんですね」

「本郷監督も上機嫌だったので、二人で冗談を言い合って笑いが絶えないインタビューでした」

「インタビューの後に赤尾さんは映写室に行ったんですね」

恵智花はゆっくりとうなずいた。

「六時過ぎに赤尾先生は『確認したいことがあるから』と記念館の映写室に移って『竹寺の雪』を観たいと仰いました。それで、寺西さんが映写室にご案内して上映の準備をして赤尾先生は映画をご覧になっていました」

「それから赤尾さんはずっと『竹寺の雪』を観ていたんですね」

「はい、寺西さんはすぐに戻ったのですが、赤尾先生はそのまま映画を観ておられました。それで、一時間ほどして映写室から内線電話が掛かってきました。『頼むのを忘れたが、八時過ぎにはタクシーを呼んでほしい』という内容でした。『竹寺の雪』は一時間五三分の上映時間なので、八時くらいには終わるはずでした」

　恵智花の言葉に亜澄は静かに言った。

「その点はうちのほうでも、確認が取れています」

　関川邸の電話は防犯の都合で自動録音されており、この内容も記録されていた。

　正確には七時三分から一分ほどの通話だった。少なくとも七時四分前後までは赤尾は生存していたことは確実だった。

「こちらのお屋敷では夕食会だったのですよね」

　亜澄は恵智花の顔をまっすぐに見て訊いた。

「久しぶりにお訪ね下さった本郷監督を歓迎して、監督とわたしは六時半頃から一階の食堂で夕食をとっていました。芳賀さんと服部さんは厨房でお料理を作って、寺西さんが運んでくれていました。途中からは芳賀さんたち全員も加わって宴会となりました。それで七時四〇分くらいに服部さんがタクシーを呼びました。このあたりってタクシーを呼ぶと一五分か二〇分くらい掛かるんです。それで八時に芳賀さんが映写室に内線電話を入れたんですが……」

　恵智花は言葉を途切れさせた。

「赤尾さんは電話に出なかったんですね」

念を押すように亜澄が訊くと、恵智花は静かにうなずいた。

「何回鳴らしても出ませんでした。時間を空けて何度か電話したけど反応がなかったんです。みんなおかしいなと言い始めました。それで芳賀さんがようすを見に記念館に行ったのです。ですが、錠が内側から掛かっていて中には入れない状態でした。そこで芳賀さんが鍵を取りに戻ってきました。それから、わたしたちは鍵を持って記念館に駆けつけました。本郷先生まで従《つ》いてきてくださいました。芳賀さんが鍵を開けて全員で記念館に入りました。それから映写室に行ってみると……」

恵智花は顔をこわばらせて言葉を呑み込んだ。

「赤尾さんが倒れていたんですね」

亜澄の言葉に、引きつった顔で恵智花はうなずいた。

「ピクリとも動かないし、呼びかけても答えなかったんです。おまけに口から泡を吹いていたので、ただ事ではないと思って一一九番したんです。そしたら救急隊の人が警察に連絡してくれて、警察の人がたくさん駆けつけました」

硬い口調で恵智花は説明した。

「おたくからの一一九番通報は八時一七分でした。救急隊員は心肺停止であると確認した上に不審死と判断して警察に連絡しました。それで、我々も対応することになりました」

亜澄はさらりと答えた。

救急隊からの通報で、機動捜査隊、鎌倉署刑事課、捜査一課の順で警察官たちが駆けつけ、検視官は事件性ありと判断したのだった。

司法解剖の結果、死因は紐様のものによって背後から首を絞められたことによる窒息死。頸部には赤尾自身の爪による引っ掻き傷がいくつも残っていた。苦しんで紐様のものを外そうとした痕だと考えられた。ほかに争ったような形跡がないことから、赤尾は襲われると思っていなかったか、犯人の侵入に気づいていなかったことが想定されていた。

また、死亡推定時刻は午後六時半から八時半頃と判断された。ただ、七時四分頃には内線電話で赤尾の生存が確認できている上に、屋敷の者たちが遺体を発見したのが一一九番通報の八時一七分の数分前なので、七時過ぎから八時過ぎの一時間くらいの間に殺されたことが明らかになっているわけだ。

「確認なんですが、赤尾さんを発見したのは、あなたと芳賀さん、寺西さん、本郷さんなんですよね」

亜澄は念を押した。

「はい、服部さんは家のほうにいましたが、あとは全員です」

いままで恵智花が語った内容は門扉に設置された防犯カメラの映像によっても裏づけられている。捜査本部で確認済みだった。

「四人の方が駆けつけたときには記念館の入口は施錠されていたわけですね」

「そうです。芳賀さんとわたし自身が確認しました。ドアノブを引いてもビクともしませんでしたので、鍵が掛かっていたことは間違いありません」

恵智花はきっぱりと答えた。

「わかりました。使用人の皆さんをこちらへ呼んで頂けますか」

亜澄の言葉にうなずいて、恵智花はキャビネットの上の受話器をとった。

「あ、高代さん、うちの全員を応接室に集めてください」

高代と優美はすぐに姿を現した。

実はこの全員に捜査員がひとりずつ事情聴取をしている。居合わせた本郷監督についても同様である。捜査本部ではこの五人について、被疑者の疑いはなしと判断していた。

事件当夜のことについて、亜澄は高代と優美にいくつもの質問をした。

「もうあのときは本当に驚きました。まさか赤尾先生があんなことになってしまうなんて」

芳賀高代は興奮気味に、つばを飛ばして喋った。

「わたしは現場を見ていないし、赤尾先生ともあまりお話ししなかったんです」

優美はとまどい気味に答えた。

二人の表情等に、元哉は不審な影を感じなかった。

もっとも遺体発見の状況から関川邸内に犯人がいることは考えにくかった。

「記念館の鍵はどこに保管してあるのですか」

亜澄は目を光らせた。

「あのサイドボードの引き出しに入っています」

恵智花は壁際の重厚でアンティークなサイドボードを指さした。

ゆるやかな曲面を持っていて、全体に彫り模様がたくさん施されている。

「あれですね」

「そうです。上の引き出しから芳賀さんが取り出しました」

サイドボードの近くに立っていた高代が、銀色の鍵を取り出した。

「こちらです。ちいさなキーケースに入れて保管しています」

高代は顔の前で鍵を掲げてみせた。

個人の記念館であることだし、捜査本部の調べではふだんは一般公開もしていないという話だ。こんな家庭的な鍵の管理でも問題はないのだろう。

「なるほど、鍵を取り出すところは、皆さんご覧になっていたわけですね」

亜澄は恵智花の顔を見て訊いた。

「ええ、赤尾先生はどうなさったんだろうと、ちょっと騒ぎになっていましたから……家の者も本郷先生も全員がここに集まっておりました」

恵智花の言葉に亜澄と一緒に元哉もうなずいた。

元哉たちも被疑者としての嫌疑ではなく、なんらかの事情を知っていないかを改めて確認するために話を聞いているのである。

邸内にいた者にはアリバイがあることはすでに捜査本部でも確認していた。

亜澄はそのことを知った上で、あらためて自分の目で確かめたいのだ。

「失礼します」

一足遅れて、アイボリーの作業服をワイシャツの上に羽織って、ネクタイを締めた四〇歳くらいの男性が現れた。

四角い顔に丸い鼻の人のよさそうな男だ。

「寺西です。ご苦労さまです」

硬い表情を浮かべた寺西は、いくぶんぎこちない所作で頭を下げた。

元哉と亜澄は次々に名乗った。

続けて亜澄は寺西にも事件当夜についての記憶を尋ねた。

「はぁ、わたしはなんかオロオロしてしまって、ボーッと立っていただけです。詳しいことはあまり覚えていません。ただ、赤尾先生がひどい顔で横たわっていたことばかりが印象に残っています」

ぼそぼそと寺西は答えた。

心許ない言葉だが、元哉は寺西の表情を見て何かを偽っているとは思えなかった。

「皆さん、ありがとうございました。現場の映写室を見せて頂きたいのですが」

亜澄は使用人たちへの質問を打ち切って、恵智花に向かって頼んだ。

「もちろんです。芳賀さん、寺西さん、一緒に来てもらえますか」

恵智花は気楽な調子で言った。

「承知しました」

寺西はしゃちほこばって答えた。

恵智花と高代、寺西が先に立ち、元哉と亜澄も玄関から外に出た。

「敷地としては接しているんですが、記念館へはいったん門を出て頂くことになります」

言い訳めいた口調で寺西は言ったが、元哉たちはもとより承知していた。

目の前の道路を十数メートル奥へ進むと、石垣塀が切れて白い壁の木造の建物が現れた。

3

「こちらが記念館です」

寺西は「関川洋介記念館」と墨書された木製の看板を指さした。

元哉が予想していたよりも小ぶりで質素な建物だった。

関川邸と比べるとずっと新しい。おそらくは築三〇年くらいだろう。

すでに鑑識作業等も終了しているので、規制線テープは外されていた。

「祖父の遺言により財団法人の関川洋介記念財団が設立されました。伯母が理事となっていて実質上の運営は弁護士さんにおまかせしています。この建物も一九九〇年に遺言により建てられたものですが、もともと祖父にまつわる所有物などの散逸を防ぎ、関川洋介の名を後世に留めることが主な目的なのです」

建物の前に立った恵智花はまるで宣言するように言った。

「では、一般公開はしていないのですか?」

「いえ、毎週土日には予約した方について限定で公開しています。芳賀さんたちが交代で見学者のお相手をしています」

「たくさんの方が見えるのですか」

「最近では一ヶ月に一組といったところでしょうか。入館料は五〇〇円頂いていますが、光熱水費や施設修繕費を賄えるほどではないので、残りは持ち出しとなっています」

苦笑しながら、高代が答えた。

財団法人の運営とはなっているが、実質は関川家の個人運営なのだろう。

そんな話をしている間に、高代から鍵を受けとった寺西が記念館入口の両開きガラス戸を開けてくれた。

「では、どうぞお入りください」

玄関を入ると、元哉と亜澄はさっそく錠を調べた。

ふつうのサムターン型の錠だった。

円筒錠ではないし、うっかり鍵が掛かってしまうことは考えにくい。

ちなみに鑑識は、犯行当時に館内のすべての窓が内部から完全に施錠されていたことを確認している。

いわば密室だったわけであり、犯人はこの入口から鍵を使って侵入したとしか考えにくかった。

指紋や毛髪などの遺留品のなかに、犯人の特定に結びつくようなものは発見されていなかった。

「恐れ入りますが、スリッパに履き替えてください」

高代の言葉に従って、元哉たちはスリッパで館内へと進んだ。

展示室は四〇畳ほどの空間だった。

白い壁いっぱいに額に入った関川洋介のポートレートなどが飾られていた。

二〇代から四〇代くらいの写真で、モノクロのものもカラーもあった。

美人女優と一緒に写ったポスターなども多かった。

関川洋介は甘いマスクで、瞳が大きく個性的な顔立ちだった。欧米人の血が入っているかのような彫りの深い容貌は、大物俳優らしい貫禄に満ちていた。

元哉もどこかで見たことのある顔だった。

部屋の四周の壁際には、ガラスが入った腰高くらいの木製展示ケースがいくつも並べられている。

古いカメラや万年筆、煙草パイプや日記帳など、関川洋介が生前に愛用していたさまざまな品が展示されている。

さらにかたわらの書棚には、関川洋介の蔵書がずらりと並んでいる。

ドストエフスキーやオスカー・ワイルドなどの著者名が見える。関川洋介はむかしの外国文学が好きだったようだ。

なかには映画の撮影小物と解説が付された革トランクや短剣、中折れ帽なども見受けられた。

ファンにとっては宝物ばかりだろう。

だが、仮に盗んで売り払ったとしてもたいした金額になるとは思えない。

もし、関川洋介の愛用品でなければ、たいした値がつくような品々ではないだろう。

逆に関川洋介の愛用品とわかれば、売りさばくことはできないだろう。

盗品捜査されれば、すぐに足がついてしまう。

「なかなか壮観ですね」

元哉は恵智花に向かって感嘆の声を出した。

「ありがとうございます。映画史にとっては意味のある品々ですが……」

恵智花は言葉を濁らせた。

彼女は展示品にそれほどの財産的価値がないことを知っているようだ。

だからこそ、この記念館には防犯カメラも設置されていなかった。

「機械警備は入っているのですか」

念のために元哉は訊いた。

「いえ、泥棒が入ることはあまり心配していませんので」

予想通りの答えが高代から返ってきた。

「事件のときに盗まれた物はないですか」

これも念のための質問だった。

「いえ、うちのほうでは確認しておりません。賊は展示物は触っていないようです」

高代はきっぱりと言い切った。

目立った物がなくなっておらず、怪しい人物の指紋が出ていないことは、すでに捜査本部も把握していた。強盗などの物盗りの可能性はないと推察されていた。

「映写室はあの扉の向こうですか」

亜澄は気ぜわしく訊いた。

現場の映写室に早く入ってみたいようだ。

出入口の右側に設けられた小さな受付カウンターの左手に一枚のドアがあった。

「ええ、そうです」

恵智花はドアにゆっくりと歩み寄っていった。

「どうぞ、お入りください」

彼女よりも早く、寺西が駆け寄ってドアを開けた。

元哉と亜澄は次々に暗い映写室に入った。

寺西が電灯を点けてくれたのでパッと室内は明るくなった。

まわりはクリアラッカー吹きのシナベニヤらしき有孔合板で囲まれていた。

まるで学校の音楽室のような雰囲気だ。

ただ音楽室とは違って、映写室には窓が腰高窓二箇所しかない。

左右にその窓があるが、暗幕が引いてある。

捜査本部の調べでは、事件当時にはスチールシャッターが下ろされていて、窓とともにすべて施錠されていたということだ。

「スクリーンは可動式です」

寺西は壁際にある黒いスイッチを押した。

映写室内の前方から一五〇インチくらいのスクリーンが下がってきた。

電動で上下するタイプのスクリーンのようだ。

「ムービーフィルムでも、ビデオでも上映できるようになっています」

寺西はいくらかにこやかな表情で言った。

スクリーンの前には、映画館で見かけるような紅いシートが三列並んでいる。

各列五席なので、観客数は一五名となるが、布地は色あせてずいぶんと古そうだ。

きれいに掃除されていて、この場所に遺体が遺棄されていたというような禍々《まがまが》しさは感じられない。

「えーと、被害者の赤尾さんはいちばん前の列のまん中の席で発見されたのですよね」

亜澄が脇の通路を進み、客席の前まで進んだ。

仕方なく元哉も従い、恵智花も従いて来た。

「はい、その席で横向きに倒れていました」

恵智花は椅子に視線を移してあごを引いた。

「こんな感じですか」

いきなり亜澄は遺体の倒れていた椅子に座り、恵智花のほうを見やった。

「はい、そんな風に倒れて……口から泡を吹いていていました」

目を見はりながら、恵智花は硬い声で答えた。

「なるほど……よくわかりました」

起き上がった亜澄は言ったが、遺体の姿勢を模倣してなにがわかるわけでもないだろう。

「ちなみに赤尾さんはお酒は飲んでいましたか」

亜澄は続けて尋ねた。

「いえ、赤尾先生はいつもお酒などは召し上がりませんでした。あの晩もシラフだったはずです」

高代ははっきりと否定した。

ドアに近いところには大きなガラス窓の入った機械室があって、映写機や液晶プロジェクターなどが設置してあった。

機械室の棚には、映画用フィルム缶やVHSテープ、DVD、ブルーレイ・ディスクなどがずらりと並んでいる。

映写室全体に低く空調の音がうなっていることに、元哉は気づいた。

フィルムなどを守るために、機械室のなかでエアコンかなにかが稼働しているらしい。

「ここの映写室は、かつて邸内にあった設備の一部を移築して新しい什器《じゅうき》などを増設したものです。祖父が生きている頃は、お招きしたお客さまに自分の出演作品などをお見せて悦に入っていたことも多かったようですが」

　恵智花はちいさな声で笑った。

「なるほど、人気俳優さんならではですね」

　納得したように亜澄は相づちを打った。

　往年の関川邸には、さぞ賑やかな日もあったのだろう。

「あの映写機は三五ミリフィルムまでは上映できますが、手間が大変に掛かります。最近はもっぱらプロジェクターによるビデオやデジタルメディアの上映が主となっています」

　寺西が機械類を眺めながら言った。

「一般の見学者にも映画の上映をするのですか」

　亜澄の問いに、恵智花は静かに首を横に振った。

「伯母が元気だった頃は、予約時にご希望があるとプロジェクターに限って上映していました。ですが、現在はそうしたサービスは停止しております。ただ、赤尾先生のような取材に来られる方には特別に上映することもあります。先日も新聞社の方に短編のフィルム映画を上映しました」

「映写機はあなたが操作したのですか？」

　意外そうな顔で亜澄が訊いた。

三五ミリフィルムの映写機を扱うのには、かなり技術がいることだろう。

元哉にはフィルムを映写機に掛けることもできないだろう。

「専門技術なので、わたしには無理です。ですが、芳賀さんも寺西さんも扱えます。芳賀さんはうちに勤めたときに覚えました。寺西さんはもともと映画館に勤めていたのです。わたしと服部さんはプロジェクターしか操作できません」

恵智花は照れたようすもなく答えた。

「事件当夜もフィルム映画を上映したのですか」

亜澄の問いに、恵智花は首を横に振った。

「あの晩は赤尾先生のリクエストで『竹寺の雪』を上映しました。でも、二時間弱の作品ですので、フィルムは六巻に及びます。一巻で二〇分程度の上映時間しかないのです。その日も交換する人手がありませんでしたので、ブルーレイ・ディスクでの上映となりました。４Ｋではありませんが、画質向上版です。一〇年ほど前にリリースされたものですが、すでに廃盤となっています」

恵智花は背後の機械室へ視線を移した。

「ところで、赤尾さんは何度か来たようですが、事件当夜に観ていた『竹寺の雪』以外にも、こちらでなにかの映画を観たりしていましたか」

亜澄は恵智花の目を見つめて尋ねた。

「いいえ、『竹寺の雪』だけですね。主要作は配信やＤＶＤで観たとおっしゃっていました」

恵智花は首を横に振った。

「じゃあここで観たのは、『竹寺の雪』だけだったんですね」

亜澄は念を押した。

「はい、そうですが……」

不思議そうに恵智花は首を傾げた。

「事件当夜はどなたがプロジェクターなどを操作したのですか」

重ねて亜澄は訊いた。

「はい、わたしが操作して上映を始めました。上映終了後は赤尾先生から内線電話を頂いて片づけることになっていたのですが……」

寺西は言葉を呑み込んだ。

「その内線電話は掛かってこなかったわけですね」

亜澄の問いに、寺西は暗い顔でうなずいた。

「ありがとうございます。ここはもうけっこうです」

かるく頭を下げて亜澄は映写室の出入口に向けて歩き始めた。

展示室に戻った亜澄は、壁に飾られたポスターや写真をひとつずつ眺めていた。

「関川洋介さんって、やっぱりおしゃれだね」

感心したように、亜澄は言った。

「ま、俳優だからな」

元哉にはあまり関心がない話だ。

「プライベート写真には、必ず指輪やネックレス、ブレスレットを欠かさないし、どれもハイセンスで見るからに高級品だね。このブレスレットなんて、たぶん《ヴァンクリーフ&アーペル》だよ」

憧れを含んだ声で亜澄は言った。

「なんだそれ？」

聞いたこともないブランド名だった。

「一九〇六年創業の世界五大ジュエラーに入るパリのブランドだよ。このブレスレットはホワイトゴールドかな。プラチナかもしれない。ダイヤがキラリと光ってるよね」

亜澄はうっとりとした声を出した。

男性用としてはかなり細めのチェーンで華奢なブレスレットだった。

立ち止まった亜澄はじっと、一枚のポスターに見入っている。

なんと呼ぶのか元哉は知らないが、モノクロ写真に着色が施されたようなポスターだ。

竹林のまん中に、コート姿の中年男と和装の女性がお互いを見つめ合って立っている。

男性は関川洋介に間違いがない。

もう一人は色白で面長の驚くほど美しい女性だ。

横顔だが澄んだ大きな瞳が印象的だ。
二三、四歳くらいだろうか。このポスターからは年齢は判然としない。
元哉はこの女優の顔には見覚えがなかった。

ポスターには「七条晶子《しちじょうあきこ》」との白抜きの名が見えるが、知らない女優だった。

背景の竹林はさっきそばを通ってきた報国寺の竹庭であろうか。

「これって『竹寺の雪』のポスターですよね」

振り返って亜澄は恵智花に訊いた。

「ええ、そうです。祖父の人気作のひとつです」

恵智花はにこやかにうなずいた。

「この映画って、どんなお話なんですか」

興味深げに亜澄は訊いた。

赤尾が最後に観ていた映画だ。元哉としてもあらすじくらいは知っておきたかった。

「舞台となっているのは公開当時の一九六一年、昭和三六年です。祖父が演じた相木昌史は流行作家の役柄です。男女の複雑な心情を描くのが得意な中年小説家という設定です。祖父は当時、三八歳でした。相木は愛する妻のいる男なんですが、ある飲食店に勤める望月道代という女性に熱い思いを抱いてしまう。道代は悲しい過去を持つ女性で、迷いつつも相木に惹かれてゆく。二人は迷いを重ねつつも男女の仲になって愛し合ってしまう。相木は妻への愛も捨てられず、結果としてタイトルにもある竹の庭で心中してしまうという悲恋物語です」

何度も説明しているのか、高代はよどみなく説明した。

かるくうなずきながら亜澄は聞いていた。

現代ではあまり流行らないようなストーリーだなと元哉は思った。

「悲しいお話ですね。半世紀以上も前の映画なんですね」

亜澄の言葉に、高代は打てば響くようにうなずいて言葉を続けた。

「はい、封切りは六二年前になります。黒澤明《くろさわあきら》監督で三船敏郎《みふねとしろう》さん主演の『用心棒』が大ヒットした年です。内田吐夢《うちだとむ》監督で萬屋錦之介《よろずやきんのすけ》さん主演の『宮本武蔵』もヒットしました。恋愛映画では翌六二年に日活で蔵原惟繕《くらはらこれよし》監督が石原裕次郎《いしはらゆうじろう》さんと浅丘《あさおか》ルリ子《こ》さんのカップルで『銀座の恋の物語』を主題歌とともに流行らせました。吉永小百合《よしながさゆり》さん主演の『キューポラのある街』も六二年のヒット作です。『青い山脈』や『伊豆の踊子』が六三年ですが、松原智恵子《まつばらちえこ》さんと和泉雅子《いずみまさこ》さんを合わせた日活三人娘が大スターとなってゆく時期です。後世に残る映画が一年に何作も制作されていた時代ですね。ところが、文芸色の強い『竹寺の雪』は興行的にはそれほど振るいませんでした。でも、関川洋介や七条晶子のファンには大絶賛された作品となりました」

高代は胸を張って言った。

「伺おうと思っていたのですが、望月道代を演じたのは七条晶子という女優さんなのですね」

亜澄は元哉が訊きたかったことを尋ねた。

「ええ、当時は大人気の女優さんでした」

いくぶん淋しげに高代は目を伏せた。

「失礼ながら、わたしは映画の世界には疎いもので……七条晶子さんというお名前を存じておりません」

気が引けたように亜澄は言った。

隣で元哉も大きくうなずいていた。

気づいてみるとほかの何枚ものポスターにも彼女らしい女優が写っていて、七条晶子とクレジットが入っている。だが、元哉はその顔も名前もわからないのだ。

「無理もありません。ずっとむかしに引退なさった女優さんなのです」

高代はかすかに笑った。

「ずっとむかしというと、何年頃ですか？」

畳みかけるように亜澄は訊いた。

「実はこの『竹寺の雪』を最後に引退なさいました。つまり六二年前のことです。その後はマスメディアの前にもいっさい姿を現していませんので、世間からは忘れ去られていると言ってもいいでしょう」

静かな声で高代は答えた。

「六〇年以上も前に引退しているのですね。道理で知らないはずです。ところで七条晶子さんはご存命なのでしょうか」

亜澄は高代と恵智花の二人に向かって訊いた。

元哉は個人的には興味がなかったが、捜査上では七条晶子の情報を知っておいてもいいかもしれない。

「はい、祖父より一二歳下のはずなので、今年で八八歳になられるはずです」

恵智花は口もとにかすかな笑みを浮かべた。

もちろん相当な高齢であることは察しがついていた。

「米寿ですか。どちらにお住まいでしょうか」

なんの気ない亜澄の問いに恵智花の顔にとまどいが浮かんだ。

「えーと、ちょっとそれは……」

恵智花は救いを求めるように高代を見た。

「実は口止めされています。マスメディア等に追いかけられるのは嫌だとおっしゃっています。ご本人の許可がなければ、わたしたちにはお伝えすることはできません」

亜澄の顔を見て、高代はきっぱりと言い切った。

答えを拒む高代に元哉はちょっとムッとしたが、自分たちは関川家の人々に協力してもらっている立場に過ぎない。無理強いをすることは不可能だ。

「わかりました」

あっさりと亜澄はあきらめた。

まぁ、八八歳の女性となると、七条晶子本人は今回の犯行と関わりがあるとは思えない。

いくらなんでも、赤尾を背後から絞め殺すのは無理な話だろう。

急いで聞き出すこともない。

「ところで、本郷監督はどちらにお住まいですか」

亜澄は問いを変えて高代に訊いた。

「鎌倉市内です。材木座《ざいもくざ》にお宅があります」

高代は今度はあっさりと答えた。

「住所と電話番号を教えてもらえますか」

亜澄の言葉に、高代はスマホを取り出した。

「はい、ちょっとお待ち下さい」

高代が掲げた画面を、亜澄は手帳に書き留めた。

亜澄は元哉の顔を見て目配せをした。

なにか追加質問はないかという意味だ。

元哉はちいさく首を横に振った。

関川家の関係者に犯人がいるとは思えないし、怪しいそぶりの者たちも見つからなかった。

元哉と亜澄は展示室からそのまま関川邸を辞去することにした。

「関川家にはまた来なきゃなんないかもね」

報国寺に続く道を歩きながら亜澄がぽつりと言った。

「関川家に怪しい人間なんていなかったんじゃないか。あの連中はみんなアリバイもあるし……」

亜澄がなにを考えているのかを元哉は知りたかった。

「それはそうだけど、赤尾さんが殺されたのは、関川洋介の歴史となにか関係があるような気がするんだよ」

立ち止まると、考え深げに亜澄は言った。

「根拠はよ？」

元哉は軽い調子で訊いた。

「ない」

平気な顔で亜澄は答えた。

「おいおい、ずいぶんはっきり答えたね」

さすがに元哉は苦笑した。

「なんで、赤尾さんは『竹寺の雪』だけをわざわざ記念館で観たがったんだろう？」

亜澄はかるく腕組みした。

「どういうことだよ？」

元哉は亜澄の言葉の意味がわからなかった。

「だってさ、関川洋介の代表作は『春の息吹』や『秋霜烈日』、『ハルニレの木陰』だと思うんだ。『竹寺の雪』だってまぁまぁ有名かもしれないけど、一本だけ記念館で観るなんて不思議じゃないの？」

亜澄は元哉の顔をまじまじと見た。

「それになんの意味があるんだよ」

元哉は口を尖らせた。

「『竹寺の雪』には、赤尾さんにとって意味のあるメッセージが残されているんじゃないかな」

あいまいな口調で亜澄は答えた。

「メッセージって？」

驚いて元哉は訊き返した。

「いまはわからない。でも、そのメッセージを確認したくて、画質向上版を大画面で観たかったんじゃないかな」

ぼんやりとした口調が徐々にはっきりしてきた。

「なるほどな」

低い声で元哉はうなった。

「それにさ、少なくとも犯人はあの記念館の鍵を持っていたわけだよね。犯人がなんらかの方法で鍵のコピーをしていたとしても、少なくとも関川家の人間と接触してた可能性はあるよね」

さらっとした口調で亜澄は言った。

「いずれにしても、関川家を探るべきだと思う」

性格には多々難のある亜澄だが、事件に対する勘は鋭い。

いままでも亜澄の直感が、いくつかの事件を解決へと導いてきた。

元哉としては、亜澄の言葉を笑い飛ばすようなことはできなかった。

追いかけてみる意味はあるかもしれない。

「たしかに赤尾の鑑取り捜査は進んでいない。赤尾は多少は金には汚い人間でもあったようだ。が、殺人に発展するような金銭トラブルは見つかっていない。また、女性関係はまったくないに等しい。男女間の問題で殺されたとも考えにくい」

低い声で元哉は言った。

「そうでしょ……地取りでも成果は挙がっていないんだよ」

亜澄は鼻から息を吐いた。

「関川邸の入口の防犯カメラに不審者は映っていないしな。現場の記念館にはそもそもカメラが設置されていない」

元哉は冴えない声を出した。

近隣住宅の防犯カメラにも、不審者等の記録はなかった。そもそも、このエリアは道路を写すような防犯カメラは存在していなかった。すべてが各住居の周辺部だけを捉えるカメラだった。また、駐車車両のドライブレコーダーにも注目すべき記録は存在していなかった。

「やっぱりあたしは、関川洋介関連の鑑取りに目を向けるべきだと思う」

亜澄は元哉の目を見てはっきりと言った。

「しかし、関川洋介は昭和四八年つまり五〇年前に死んでいる。五〇年前の恨みを抱えて生きている人間がいるというのか。それに、殺されたのは関川洋介の関係者じゃない。単に伝記を書いていただけの人物なんだぞ」

元哉は口を尖らせた。

「わかってるよ。だけど、どうしても関川洋介の人生のなかに、今回の事件につながるなにかがあるように思えるんだよ」

亜澄は元哉を見据えて熱っぽい調子で言った。

「小笠原の勘に期待しよう」

ぽつりと元哉は答えた。

こういうときに、亜澄が頑固なことを元哉は知っていた。その頑固さの先に、意外な真実が眠っていることが少なくないのは事実だった。

「次は材木座だね」

弾んだ声で亜澄は言った。

「本郷監督のところに行くのか」

「そう、現場にいた人間には会っておかないと」

亜澄はスマホを取り出すと、手帳を見ながらタップした。

すぐに出た相手とちょっと会話をして亜澄は電話を切った。

「明日の一〇時に行けば会ってくれるって」

微妙な声で言って、亜澄は元哉の顔を見た。

「今日は無理か……高齢者のわりに忙しいんだな」

元哉の口からつい無愛想な声が出た。

「しかたないよ。いきなり電話したんだから」

亜澄の言うとおりだ。老人だって日々忙しい人はいるだろう。

「赤尾が書いていた関川洋介の伝記は創藝春秋から刊行予定だったな。担当編集者に会ってみないか」

いままでそれほど意識しなかったが、創藝春秋と言えば『稲村ヶ崎の落日』の事件で世話になった編集者の鳥居《とりい》忠志《ただし》の会社だ。出版社から何かしらの情報は入手できるかもしれない。

たしか創藝春秋の本社は千代田区だった。

都内へ足を延ばさなければならないかもしれないが、まだ昼には間がある。

「じゃあ、とりあえず鳥居さんに電話してみようか」

亜澄は元哉の提案に賛同した。

「そうだな、いきなり会社に掛けるより、知っている筋を頼るほうが効果的だ」

「了解!」

元気よく言って、亜澄はスマホを構えた。

「鳥居さんですか。ご無沙汰しております。わたし神奈川県警の小笠原です。実はいま、四月一〇日に鎌倉市内の関川洋介記念館で起きた殺人事件の捜査に携わっているんですが……」

亜澄は今回の事件のことを簡潔に説明している。

しばらく通話が続いた。亜澄の明るい声が続いている。

「本当ですか！　よろしくお願いします。では、一二時には伺います」

電話を切った亜澄は、満面の笑みで元哉を見た。

「あたしたちツイてるよ」

「どうしたって言うんだ？」

「鳥居さんね。赤尾さんの担当編集だったんだってさ」

亜澄はニカッと笑った。

「本当かよ！」

思わず元哉は叫んだ。

「うん、関川洋介の伝記本は『ベスト讀物《よみもの》』のレーベルから出る予定だったんだって」

「じゃあ、事件のことは知ってるな」

「もちろん。赤尾さんについてもいろいろな情報がもらえるかもしれない」

「さっそく会いに行こう。で、どこに行きゃいいんだ？」

都内まで行くことは覚悟している。

「それがもうひとつラッキーなんだ。鳥居さん、今日は午前中に鎌倉在住の作家さんとの打合せがあって七里ヶ浜のレストランでブランチしてたんだって。で、午後一時半に別の作家さんのお宅をお訪ねするんだって。それも第二小学校の裏手なんだよ。打合せまでの時間なら会えるって」

亜澄は声を弾ませた。

むかしほどではないだろうが、鎌倉には作家や文化人が多く住んでいる。

それだけに編集者が仕事に訪れている機会は少なくないのだろう。

「へぇ、その小学校どこなんだよ」

鎌倉市内の小中学校の場所など元哉にわかるはずもない。

「二階堂だよ。ここから二〇分くらい」

「どこで待ち合わせたんだ？」

「第二小学校近くの《アマリリス》って喫茶店だよ。これから歩いて行けば、ちょうどいいじゃん。さ、行くよ」

亜澄は元哉の返事も聞かずに歩き始めた。

4

鳥居が指定した喫茶店は、文字通り第二小学校の向かいにあった。

バス通りから一本裏手で、あたりは静かな住宅地である。

このあたりは観光客などいないだろうと思っていたら、元哉の予想は外れた。寺社めぐりをするのだろうか、老人のグループ客などがゾロゾロと歩いている。マップで確認すると、近くに鎌倉宮や杉本寺などの寺社がある。

鎌倉では住む場所を選ぶのが大変だなと元哉は思った。

それでも《アマリリス》の敷地に入ると別世界のような静けさが待っていた。

広いガラス窓が目立つ洒落た民家を改装した感じの喫茶店だ。

庭にはさまざまな庭木に赤、白、ピンクなどのアマリリスが咲き乱れて、まさに隠れ家といった雰囲気だ。

ウッディな店内は天窓が大きく取ってあって明るく、静かなピアノトリオが流れている。

三〇代くらいの品のいい女性がカウンターにいて歓迎してくれた。

たまたまだろうが、店内にほかの客の姿はなかった。

元哉が奥の木製の椅子に座ると、亜澄が隣に座ってきた。

「カップルごっこしようよ」

以前、七里ヶ浜の《サンライズ・ショア》で鳥居を待っていたときと同じようなことを言って、亜澄はヘラヘラと笑っている。

「うなされるだろ。気持ち悪いこと言うなよ」

元哉はそっぽを向いた。

メニューを記した黒板にある鎌倉野菜のカレーも美味しそうだったが、とりあえずコーヒーをオーダーした。

豆から挽いてドリップで淹れたコーヒーがテーブルに置かれた。

「美味いな……」

びっくりするほど香り高くコクのあるコーヒーだった。

元哉は実はコーヒーにはちょっとうるさい。

とは言っても時間がないので、ふだんはコーヒーサーバーを使っているのだが。

「そうだねぇ。鎌倉にはコーヒーの美味しいお店も多いけど、ここのは抜群だね」

亜澄はにこやかな顔で言った。

そのとき、ドアを開ける音が響いた。

「やぁ、お待たせしちゃって」

明るい声とともに鳥居が入ってきた。

今日はスーツではなく、ヘリンボーンのツィードジャケットを着ている。

「どうも、お時間を頂戴しましてぇ」

「ご無沙汰しております」

亜澄と元哉は次々に腰を浮かせて頭を下げた。

「いや、こちらこそ。『稲村ヶ崎の落日』のときにはお世話になりました……で、赤尾さんの事件を担当なさっているのですか」

向かいの席に座ると、鳥居は二人の顔を見ながら訊いた。

「はい、うちの署に捜査本部が設置されまして、駆り出されたというようなわけです」

亜澄が差し障りのない答えを返した。

「今回もお二人がバディというわけですか」

鳥居は元哉と亜澄の顔を交互に見て尋ねた。

「仕方なく……」

冴えない声で元哉は答えた。

「まったく予想もしないことでした。赤尾さんはまだお若いのに……。仕方がないので、別のライターさんを探しておりました。ですが、僕の知っているライターさんはスケジュールが合わなくて、あまり受けたくないと言われました。あちこち駆けずり回っていたんですが、刊行は予定よりかなり延びそうで心配していたんです。なにせ、関川洋介の生誕一〇〇周年企画なので、今年中には市場に出したいですからね。ギリギリのタイミングです」

はっきりとした声で鳥居は伝えた。

まずはよかった。恵智花たち関川家の面々の思いを考えて元哉は安堵した。

「鳥居さんは『ベスト讀物』だから、文芸のご担当なんですよね」

そう思いつつも、なんの気なく訊いた。

「ええ、弊社にもノンフィクション出版部はありますが、社内協業の上でこの書籍は『ベスト讀物BOOKS』から出すことに決定したんです。政治経済関係の書籍などが中心のノンフィクション出版部より、どちらかと言うと文芸寄りの企画ですから……」

鳥居は言葉を途切れさせた。詳しい社内事情については話す気がないのだろう。

事情はなんとなくわかったし、元哉にも訊く気はなかった。

「なるほど、わかる気がします」

亜澄はうなずいた。

「ところが、ありがたいことに関川洋介のファンだったという小説家の伊作久逸夫《いざくはやお》先生が受けて下さいました。六四歳のベテランで、おもに時代小説で活躍されています。この秋までに書き上げて下さるとのことなのです。実は午前中の打合せはその件だったのです」

鳥居の声はしぜんと弾んでいるようだった。

「では、間違いなく出るのですね」

念を押すように亜澄は訊いた。

「おかげさまで、『彩雲〜俳優 関川洋介の軌跡』は刊行できる見込みとなりました。実は赤尾さんの原稿や調査書類をもとに、伊作久先生がすべて書き下ろすんです。著者は伊作久先生。赤尾さんは取材協力として名前が残ります。こういう言い方をすると語弊があるのですが、弊社としては知名度の高い伊作久先生の著書として刊行できますので、怪我の功名と言えるかもしれません」

鳥居はちょっとあいまいに笑った。

「関川家の皆さまにお伝えしたいですね」

亜澄は弾んだ声で言った。

「はい、先ほど電話で恵智花さんにお伝えしたら、大変に喜んでました。今日はほかの仕事が都内であるので伺えませんが、近日中に関川邸にお邪魔して恵智花さんに直接お伝えする予定です。本当は最初に企画を受けてくださった由布子さんにお伝えしたいのですが、病室に伺うのはちょっと気が引けるので、容体が安定してからと思っております」

最後のほうは低い声になって、鳥居は言った。

「由布子さん、そんなに具合がよくないのですか」

亜澄も冴えない声で訊いた。

「あまりよくないと伺っています。ですが、恵智花さんがしっかり伝えて下さるとのことです」

はっきりと鳥居は言った。

「赤尾さんはどんな方でしたか」

亜澄は質問を赤尾のことに転じた。

「まぁ、ひと言で言って熱心な方でしたよ。締め切りに間に合わないんじゃないかと心配するくらいよく調べてました。でも、結局締め切りは守るし、ノンフィクションライターとしては問題がない人でした」

言葉とは裏腹に、あまり熱のない調子で鳥居は答えた。

あまり好感を持っていないのではないかと元哉は感じた。

「なにか、気に掛かることはありませんでしたか」

亜澄は平らかな声で問いを重ねた。

「今回の仕事については特別に熱心だけど、本当に関川洋介を愛していたようには見えなかったですね。僕が日頃担当しているライターや小説家にはあまりいないタイプかもしれません。伊作久先生なんて江戸時代の小さな橋の名称とか有名な旗本の屋敷だって片っ端から頭に入っているような人ですよ。もちろん、文化文政と幕末では違うんですけどね。それから、たとえば神社の鳥居がどっちを向いているか、地図も見ないで言える人ですからね」

鳥居はどこか誇らしげに言った。

なるほど時代小説家とはそうしたものかと元哉は感心した。

「赤尾さんは、映画にあまり興味がない人だったんですか」

首を傾げて亜澄は訊いた。

「洋画はある程度詳しかったようです。とくにアンジェイ・ワイダ監督についてはアンソロジーで『約束の土地』についてのエッセイを書いています。それで、今回の仕事もお願いしたようなわけなんですが……。でもね、関川洋介の映画の場合は、前半期の活躍についてはほとんど観ていないようでした。洋介氏が映画界に彗星の如く現れた昭和二〇年代末期についてはそれほど詳しく調べていませんでした。むしろ、俳優としての地位を固めた昭和三〇年代を中心に書きたかったようです。洋介氏の場合、出演作の半分以上が配信かディスクで観ることができます。でも、彼は昭和三〇年代の中頃の作品に異常にこだわっていました」

鳥居は静かな口調で言った。

「なぜでしょう」

不思議そうに亜澄は訊いた。

「理由はわかりません。個人的な興味の問題かもしれませんね」

あいまいな顔で鳥居は答えた。

「ちなみにすでに書き上げた原稿は、鳥居さんも目を通しているんですよね」

亜澄は鳥居の目を見て訊いた。

「もちろんです。僕が最初にお願いした作家さんですし、こちらの期待と大きくズレたものだと困りますからね。最後の部分、殺害現場の映写室に残されていた一〇枚程度はいったん警察に渡しましたが、とくに問題がないということで返却されました」

あからさまに鳥居は顔をしかめた。

警察の態度がよくなかったのだろうか。

「プロである鳥居さんの目から見て原稿の出来はどうでしたか」

たしかに鳥居は、警察とは違う視点で原稿を読んでいるに違いない。

「いや、僕の期待から大きくは外れていませんでした。驚くような記述もなく、いわば無難な原稿です」

特別にすぐれた原稿ではないのだろう。

「とくに気になる記述などはありませんでしたか」

畳みかけるように亜澄は訊いた。

「どういう意味ですか」

鳥居はポカンとしたような顔になった。

「いえ……今回の事件と関係のありそうな記述はありませんでしたか」

亜澄は鳥居の目を見て訊いた。

「いえ、そんな記述があるわけないですよ。関川洋介の生涯をさまざまなエピソードを介して紹介する本ですから……」

首を横に振って鳥居は答えた。

「なにか関川洋介の大きなゴシップとか、重要な秘密なんて隠れてませんでしたか。創春砲が扱うような」

おもしろそうに亜澄は尋ねた。

「勘弁してくださいよ。『ベスト讀物』は『週刊創春』とは違う編集部なんですよ。うちは原則として文芸が専門です」

鳥居は苦り切った顔で答えた。

「どのくらい進んでいましたか」

まじめな顔に戻って亜澄は訊いた。

「三分の二程度です。最後の部分は一九六一年の『竹寺の雪』で終わっていましたから……それから一二年後に関川洋介は急死するわけですが、そのいわば晩年についてはこれから書いてもらう予定でした。夏には上がるはずだったんですけどねぇ」

鳥居は嘆くような声を出した。

元哉と亜澄は顔を見合わせた。

言うまでもなく『竹寺の雪』は、赤尾が殺害されていたときに視聴していた映画だ。

この映画が今回の事件と関係があるのだろうか。

「では、『竹寺の雪』についての記述はどうでしたか」

亜澄は少し身を乗り出して訊いた。

「当たり障りのない記述でした。でも、途中までだったので……最後に何を書きたかったかはわからずじまいです」

とまどったように鳥居は答えた。

「赤尾さんが、なにかの問題を抱えていたようなことはなかったですか」

亜澄は問いを変えた。

「僕が知る限りでは、とくに問題を抱えているようには見えなかったですね……あ、そうだ」

とつぜん思い出したように鳥居は言った。

「どうしました」

亜澄はさらに身を乗り出した。

「最初に依頼したとき、印税に関してねちっこく訊かれましたね。一パーセントでも上げられないかと。でも、特別な場合でなければ印税率は決まっているので断りました」

鳥居は眉間にしわを寄せた。

「お金のことにこだわっていたのですね」

亜澄はいくらか強い声で尋ねた。

「最初だけです。その後はとくに金の話は出ませんでした。でも、噂では金にはうるさいというか、雑誌の原稿料なんかもしつこく訊いてくるって……。たいていの先生はそれほどギャラにはこだわらないんですが、たくさんの作家がいるので、なかにはそんな人もいます。それほど珍しい話じゃないと思いますよ」

つまらなそうに鳥居は答えた。

「ほかにはなにか」

鳥居の目を覗き込むようにして亜澄は訊いた。

「いえ、僕は初めて仕事する人だったので、あまり詳しいことは知りません。家族やお子さんは別にいたようですね。何年も前に離婚してもとの奥さんが息子さんを引き取ったとか」

おぼつかなげに鳥居は言った。

「うちのほうでも調べています。遺体の引き取りは断られたようですね。自治体が扱うことになったようです」

亜澄はうなずいた。

「いや、淋しい話ですね」

鳥居はしんみりとした口調になった。

「赤尾さん個人に、犯罪の誘因となるような事情はなにひとつないのですね」

念を押すように亜澄は訊いた。

「そうですね。少なくとも僕が知る範囲ではないです」

首を横に振りながら鳥居は言った。

もちろん警察でも犯歴データとの照会は済んでいるが、赤尾に前科はない。

「実は赤尾さんを殺害するような人物が少しも浮かんでは来ないのです」

渋い顔で亜澄は本音を漏らした。

「じゃあ、やはりこれは関川洋介の過去のなんらかの歴史が招いた事件ですね」

あごに手を持っていって、鳥居はまじめな声で言った。

「思いあたることがありますか！」

息せき切って亜澄は訊いた。

「いえ、ただの冗談です」

すました顔で鳥居は言った。

「ふわーっ、冗談ですかぁ」

力の抜けたような声で亜澄は言った。

その後はたいした話もなく、鳥居は時間だからと言って立ち上がった。

「機会があったら、一度飲みましょう」

鳥居は陽気に笑った。

元哉たちも立ち上がって鳥居を見送った。

鳥居が退席した後、元哉たちは黒板に書いてあるミートパイと二杯目のコーヒーを頼んだ。

焼き加減もよくミートソースの味も旨味たっぷりだった。

ひと言で言ってやさしい味のパイだった。

その後は関川邸の近所の家に聞き込みをしてまわった。

すでに地取り班がまわっていたが、違う観点から話を聞けないかと二人で相談した結果だ。

関川家の人々の日々の行動を、それとなく聞いてまわった。

はかばかしい成果はひとつもなかった。

関川家の人々は皆感じがよいという声を耳にした。また、争いごとなどが起きている噂も見つからなかった。

最近は、恵智花が寺西の運転するクルマでしょっちゅう外出するという話が上がっていた。

おそらくは由布子の見舞いに行っているのだろうと近隣住民は話していた。高代や優美が同乗していることも少なくなかったという。

　一方、関川家を訪ねるような人の姿は、ここ数ヶ月はほとんど見られなかったという話だった。

　夜に捜査会議があったが、まったくと言っていいほど捜査は進展していなかった。

　赤尾の鑑取りにまわっている捜査員からも、相変わらず被疑者と思しき人物はひとりも浮かんでこなかった。

　捜査本部に戻った元哉たちは佐竹管理官に呼ばれて、直接の報告を指示された。

「……というわけで、わたしは『竹寺の雪』にはなにかのメッセージが残されていると考えています」

　亜澄は口を極めて説明した。

「なるほど、メッセージか……」

　佐竹管理官はあごに手をやって考え深げな表情になった。

「はい、そのメッセージがなにを意味するのか、追いかけてみたいと思うんですが」

　管理官に対してはっきりと希望を伝えるなど、元哉にはとてもできない業《わざ》だ。

「まぁ、いまは有力な筋がひとつも見つかっていない。少しでも見込みのある筋は追いかけてみよう」

　佐竹管理官は、元哉たちに現在の方向で聞き込みを続けるようにと指示してくれた。

つまり、関川洋介の周辺を洗えということだ。

「捜査本部としては、地取り捜査や証拠品捜査にまったく成果が挙がっていない以上、やはり赤尾冬彦周辺の鑑取り捜査を中心に行うしかない。赤尾と直接に関係のない関川洋介の筋を追うなんてのは捜査の常道から大きく外れている。だが、わたしは刑事捜査なんてものはなにかしらの筋らしきものが出てきたら無視しちゃいけないとも思っている。少しでも可能性があれば、ひとつひとつ潰さなきゃならない。わたし自身、小さな筋を見逃して後悔したことがあるんだ。小笠原は関川洋介の歴史に関する筋を潰せたとは思っていないんだろう？」

やわらかい声で佐竹管理官は亜澄に言った。

「はいっ、そうです」

姿勢を正して亜澄は威勢よく答えた。

「小笠原が読んだ筋から事件が解決したことは一回ではない。おまえたち二人が、その筋を追いかけても無駄ではあるまい」

佐竹管理官はずいぶんと小笠原のことを買っている。

元哉は首を傾げる部分もあったが、過去に小笠原の読んだ筋が事件解決につながったことがあるのは否定できない。

とは言え、亜澄の勘にどこまでの見込みがあるかは判然としない。

元哉は、瓢箪から駒のようなことを願っていた。

「あの……これから確認したい映像があるんですが、時間を頂いてもよろしいでしょうか」

いきなり亜澄は佐竹管理官に向かって許可を求めた。

「映像だって？」

佐竹管理官は不思議そうに訊いた。

「はい、赤尾さんが最後に観ていた『竹寺の雪』を確認したいのです。配信サイトのV－NEXTにあります」

真剣な顔で亜澄は続けた。

むろん元哉には、その意味がわかっていた。

「引っかかることがあるなら、吉川と一緒に試しに観てみろ」

佐竹管理官は静かにうなずいた。

「無駄になる可能性が大きいです……」

亜澄は自信なさげに言った。

「気にするな。刑事の仕事なんてそんなもんだ」

恬淡《てんたん》な調子で佐竹管理官は言った。

元哉たちは二人並んで『竹寺の雪』を署内のモニターテレビでしっかりと観た。

正直言って古くさく退屈なストーリーだった。

不倫に悩む二人が、最後に心中を選ぶ筋立てはやはり納得できなかった。なにも死を選ばなくてもいいだろうと思うのは、やはり現代の感覚なのかもしれない。はるかむかしの映画だけにやむを得ないのだろう。

フィルムのなかの関川洋介は、スチール写真よりもはるかに輝いていた。よく通る声も深い渋みがあった。

七条晶子の魅力にはぐいと惹き込まれた。

現代の芸能界にこんなに存在感のある女優は思いつかなかった。

終の白抜き文字が出て映画は終わった。

ふと隣を見ると、亜澄の瞳がはっきりと潤んでいる。

「小笠原、泣いてんのか」

「だって……かわいそうじゃん。あの二人……」

声を震わせて亜澄は答えた。

「そんなことより、なんか気づかなかったか？」

いくらか尖った声で元哉は尋ねた。

「道代さん……七条晶子さんが夜の港で、彼を思ってひとり泣くシーンがきれいだったよ。ラストもいいなぁ。最高に美しいよ」

うっとりとした声で亜澄は言った。

「あのな……事件に関係のあることだよ」

元哉は今度はあきれ声で訊いた。

「うーん、なにもないな」

亜澄は首を横に振った。

「正直、俺も気づくことなんてなかった」

元哉もそう答えるしかなかった。

深夜まで二度にわたって観たが、不審な点はとくに見つけられなかった。

なぜ、赤尾はこの映画にこだわっていたのだろう。

元哉のこころのなかの解けない謎はかえって大きくなっていった。

第二章　映画人たち

1

翌日も気持ちのよい五月晴れは続いていた。

本郷の自宅は材木座の外れの飯島《いいじま》という場所にあった。

海に近い場所なので、松林に囲まれた邸宅を想像していたが、本郷邸は照葉樹に囲まれた小高い崖の上に建てられていた。

RC構造の真新しい白い三階建てが切り立った崖の上に鎮座している。

豪邸と言っていいだろうが、関川邸のような驚きは感じなかった。

鎌倉ではこれくらいの屋敷は決して珍しくはない。

通された客間の広い窓からは、ちょっと離れた海がよく見えた。

今日の材木座の海は淡いブルーに染まっていた。

換気のために少し開かれている窓からは潮の香りを含んだそよ風が忍び込んでいる。

亜澄と元哉は本郷家の家事使用人の女性によって応接室に通された。

二人はともどもに名乗り、関川邸で起きた赤尾冬彦殺害事件の捜査のために来たことを告げた。

続けて亜澄は捜査の状況をあっさりと説明した。

「そうか、刑事さんか。僕はホンモノにも何度も会ったことがあるが……君たちはそんないかつい雰囲気はないねぇ」

ソファにゆったりと身体を預けて本郷敏也監督は太った身体を揺すって笑い声で言った。

少し長い髪も口もととあごに生やしたヒゲも真っ白で、なんとなくサンタクロースを思わせる。

緑系のポロシャツの上に、バルキーな生成りのカーディガンを羽織ったカジュアルな姿だった。

もっと厳しい感じの人物かと思っていたが、明るい瞳の気さくな老人だった。

映画監督に会うのは、元哉にはもちろん初めてのことだ。

本郷監督は今年八四歳になるそうだ。

老人の歳はわかりにくいが、本郷の見た目は七〇代なかばくらいにしか見えない。発声も立ち居振る舞いも八〇代とは思えない若々しさだった。

バスのなかで亜澄が調べたところによれば、六〇代くらいまではヒット作もたくさんあるそうだ。

事実上引退して数年になるので、かつてはこんな気楽な表情ではなかったのかもしれない。

「とくにあなた、小笠原さんだっけ。あなたの見た目は、とてもじゃないが刑事という柄じゃない。僕ならヒロインの妹の女子大生役で使いたいね」

本郷監督は声を立てて笑った。

亜澄は顔だけ見ると、明るく愛らしい顔立ちと言える。

鼻も口もちまちました小顔に両の瞳が不釣り合いに大きい。二九歳という年齢より若く見える。

「えへへ。ありがとうございます」

亜澄は照れたようすもなく、得意げな顔をしている。

「失礼ですが、こいつはもう三十路に手が届くんですがね」

言わずもがなの言葉が元哉の口から出た。

本郷監督は意外にもまじめな顔でうなずいた。

「うん、いまどきは男も女もみんな若いよね。僕が助監督から監督になったのは一九七二年のことだけどね。半世紀前と比べると、日本人の顔は若者も老人も一〇歳くらい若返ったと思う。いや、これは俳優の話じゃあない。ふつうの市民の話だ」

同意を求めるように、本郷監督は元哉の顔を見た。

「なるほど、わたしたちは若く見えるんですか」

元哉は差し障りのない答えを返した。

「そうだよ。君だって、新入社員ってイメージだ。だが、警官ってのは何年か勤めないと刑事にはなれないんだろう」

「はい、わたしも三一歳になります」

元哉の答えに、本郷監督はゆっくりあごを引いた。

「いまの若い人は幼いという気がするね。現場で使っている若い子たちも実に幼い。それが顔に出てるのかな。だが、叱るとすごく素直だ。自分の知らないことを教えてもらって驚いているか喜んでいるかってな顔つきだ。僕たちの若い頃は上の者から叱られると内心では『なにくそっ』って思っててね。僕なんかいつも絶対に顔に出てただろう。なんだか我々の世代とは日本人も雰囲気が違ってきたな。詳しいことはわからんが、日本人の精神構造が変わってきている気がする。観客が映画になにを求めているか、そのあたりをきちんと摑んでないとこれからの監督業は務まらんね」

本郷監督はまじめな表情で話した。

元哉と亜澄はしばし黙った。

本郷監督の饒舌をどこかで止めたかった。

期せずして二人は同じことを考えたようだ。

だが、喋り疲れたのか、本郷監督はテーブルに置いてあったコーヒーカップを手にした。

「先ほども申しましたが、わたしたちは、四月一〇日に浄明寺の関川洋介記念館で起きた殺人事件の捜査をしております」

監督がカップを机に戻すのを待って、亜澄は事件の話を切り出した。

「それ以外に警察が来る用事はなかろう。だけど、僕は犯人じゃないよ」

本郷監督はとぼけた笑いを浮かべた。

「いえ……遺体発見のときに現場にいらした方全員にお話を伺っています。監督は関川家の人々と一緒に映写室で赤尾さんの遺体を発見されたのですよね」

いくらか引き気味に亜澄は言った。

「うん、実際の遺体ってのは美しくないね。横倒しじゃ絵にならんよ。映画じゃね、仰向けに倒れているところを俯瞰で撮ると効果的なんだよ。苦悶の表情をズームインで撮ると訴求力が違う。横倒しの顔を効果的に撮るのは……そうだ。ドリーインを使うのもいいような気がするね」

本郷監督は急にイキイキとした顔つきになった。

「ドリーインってなんですか」

元哉は聞いたことがない言葉だった。

「ズームインってのは三人称視点……神様視点だ。ドリーインっていうのは一人称視点だ。難しい解説は省くけど……たとえばこの場面だとね、ズームインで俯瞰の場合には映写室の天井付近にキャメラを置いてキャメラレンズのズーム機能を使って遺体の表情をアップしてゆく。つまり登場人物の視点ではなく神様視点だ。わかるね」

本郷監督は念を押した。

「はい、イメージできました」

元哉は素直に答えた。

「これに対して、ドリーインの場合はキャメラ自体を移動させて被写体に近づいてゆく。意味的には、観客が主人公的になる一人称のショットとなる。たとえば、この場合に映写室に入ってゆく僕の目をキャメラとするわけだ。たとえば、キャメラは椅子に横たわる赤尾さんの身体を見て、顔を見ようと椅子の横にまわるといい。さらにキャメラはドリーインにより、赤尾さんの顔にどんどん近づいていって顔をアップする。続けてキャメラ自体を被写体からさっと離してゆく。これは驚いて離れる表現だ。離れる場合はドリーアウトと呼ぶ。どうだね、横向きの遺体の顔を効果的に写すのにはこちらのほうが向いているだろう」

ちょっと得意げに本郷監督は言った。

おもしろい話だが、元哉たちは監督から映画技法を学びに来ているのではない。

「あのぅ、事件当夜のことを順を追って伺いたいのですが……」

とまどい気味に亜澄が訊くと、本郷監督はうなずいた。

「いや、とにかく驚いたよ。あの日は大船の病院に入院している由布子ちゃんのお見舞いに行ってね。一人で見舞いに行ったんだよ。僕は頭は弱ってきたがね、幸いにも身体は丈夫だ。鎌倉だろうが、東京だろうが一人で行動できる。で、あの子もかわいそうだ。まだ若いのに重い病気に冒されて」

悲しげに本郷監督は眉根を寄せた。

「どんなご病気なんですか」

亜澄はさりげなく訊いた。

「消化器外科に入院してるんだ、詳しくは知らんが、消化器系のがんだという話だ。美人だったのにすっかり痩せ細っちゃってね。おまけに顔色が紙のように白い。こんなこと言っちゃなんだけど、僕は不吉な予感をどうしても打ち消すことができないんだ」

本郷監督は暗い声で言った。

「お見舞いのあとに関川邸に行かれたんですね」

亜澄はあえて明るい声で訊いた。

「あの日は被害者の赤尾さんが僕と関川洋介のつきあいについてインタビューしたいって言ってたんで、病院からタクシーで関川邸に向かった。着いたのは四時頃かなぁ」

本郷監督の証言は、恵智花の言葉と一致している。

「なぜ、こちらのお宅でインタビューを受けなかったのですか」

素朴な疑問だが、元哉も同じ質問をしたいところだった。

「実を言うと、その前の週の火曜日にも由布子ちゃんの見舞いに行ったんだよ。そしたら、病院で恵智花ちゃんに会ったんだ。それで夕飯に誘われてね。久しぶりに話したいこともあったし、由布子ちゃんのことで恵智花ちゃんが気落ちしてたんで励ましたいと思ってさ」

「恵智花さんとも以前からのお知り合いなんですか」

亜澄はなにげない調子で訊いた。

「そう。恵智花ちゃんは、ちいさい頃はよくあの家に遊びに来ていたからね。僕も関川洋介が生きていた頃はもちろん、由布子ちゃんが元気な頃はちょくちょく顔を出していた。恵智花ちゃんのことは、泣き虫だった幼稚園児の頃から知っているよ。すっかり大きくなったね。しかもきれいになった」

感慨深げに本郷監督は答えた。

「ほんとにきれいなお嬢さんですよね」

元哉は思わず本音を口にした。

亜澄がこっそり元哉のふくらはぎを蹴った。

意味不明な攻撃だ。

「うん、上品な美しさだし、母親の恵衣子《えいこ》ちゃんよりもあの屋敷の当主にふさわしいな。恵衣子ちゃんは絵が上手で博学な子だったが、六年前にこの世を去っている」

淋しげに本郷監督は言葉を継いだ。

「由布子ちゃんと恵衣子ちゃんの母親は違うが、ともに洋介さんの血を引いていることは一緒だからな」

ぽつりとつぶやくように本郷監督は言った。

「えぇっ、どういうことですか」

亜澄はのけぞった。

元哉も驚くしかなかった。由布子と恵衣子は腹違いの姉妹だったのだ。

「由布子ちゃんの母親は一般人だが、彼女を産んで一年もしないうちに亡くなっている。僕は関川洋介の最初の奥さんにはお会いしたことはない。恵衣子ちゃんは後妻の子だよ。

この方は屋代早織《やしろさおり》って女優だ」

本郷監督はさらっと言った。

「屋代さんですか……」

亜澄はあいまいな顔で繰り返した。

元哉もその名前は知らなかった。

「知らなくてもあたりまえだ。その頃はある程度は本篇……つまり劇場公開用映画のことだね。本篇にも出ていたが、脇役専門でね。きれいな人なんだけど、女優としては華がなかった。おまけに結婚と同時に引退して家庭に収まった。この人ももう二〇年以上前に病没した。いずれにしても、由布子ちゃんと恵衣子ちゃんは腹違いの姉妹というわけだ」

平らかな口調で本郷監督は説明した。

「そうなんですか……恵智花さんは自分のことを居候と言っていました」

亜澄は本郷監督の顔を見つめて言った。

「恵智花ちゃんらしい謙虚さだな。こんなこと言うのはよくないが、由布子ちゃんにもしものことがあったら、あの屋敷を継ぐのは恵智花ちゃんしかいない。由布子ちゃんもそのつもりで、何年も同居していたんだろう。二人は伯母と姪だが、母娘《おやこ》のように仲がいい。早くに母親を亡くした恵智花ちゃんにすれば、由布子ちゃんは母親代わりなのかもしれない。由布子ちゃんは母親の顔さえ覚えてはいない。そんな恵智花ちゃんの気持ちもよくわかるのだろう。恵智花ちゃんは相模原市内の美術大学に通っているんだが、三日に一回は大船の病院に見舞いに行っている。やっぱり彼女にとって由布子ちゃんは母親代わりなんだろうな」

本郷監督は湿った声で言った。

「二人が母娘のように仲よしでよかったです。関川邸の次の当主は恵智花さんになるわけですものね」

いささか不謹慎なことを亜澄は口にした。

「むろん、僕も由布子ちゃんの退院をつよく願っている。彼女はまだ六一だ。当主の交代なんて、しばらくは考えたくもなかった」

低い声で本郷監督は言った。

いままで元哉も気づかなかったが、妹の恵衣子が世を去っている以上、関川由布子が死亡すれば、あの屋敷は恵智花が相続することになるのだ。この場合に姪には相続権が生ずる。

「インタビューでは何についてお話しなさったのですか」

亜澄は本郷監督の目を見て話題を変えた。

「僕が知ってる関川洋介という俳優についてがすべてだった。ざっくばらんに話したよ」

本郷監督は口もとに笑みを浮かべた。

「監督は関川洋介さんと親しかったんですか？」

亜澄は質問を変えた。

「親しいというよりかわいがってもらったんだ。僕が大学を出て二二歳で映画界に入ったとき、洋介さんはすでに三八歳の大物俳優だったからね。いい人だったよ。僕が学生時代から着古してた汚いシャツ着て現場に行くと『なんだ、その貧乏浪人みたいな恰好は』とあきれて笑うんだ。その頃は僕も貧乏だったからね……。ところがね、翌日にアパートに帰ると大家さんが荷物を預かっててね。三越の包みなんだ。開けてみると立派なシャツさ。洋介さんからの施しだよ。僕が風邪で寝込んでると、店屋ものの天丼が届いたりね。そんな風に思いやりがあって気の回るやさしい人だった。僕みたいなペーペーのこともすごく大事にしてくれた。尊大なところとかはまったくなかった。ある夏に『おい、本郷、船奴隷やんないか？』って言われて面食らってたら、小坪マリーナに呼び出されてね。洋介さんの持ち船での豪華クルージングさ。僕はロープを扱えたから、クルーとして働いたんだ。デッキでは有名女優たちに囲まれて天にも昇る気持ちだった。僕は海から上がると、ホテルのぶ厚いステーキと高級シャンパンがその日のギャラさ。目を白黒させてる田舎の出身だから、そんなシャンパンなんて見るのも初めてだった。将来、監督になると、洋介さんに『そんなシャンパンなんざ飲み飽きてるって顔しろ。

なら、それなりの気概を持たなきゃ駄目だ』なんて言われてね。まぁ、その手の話はキリがないけど、要するに僕は洋介さんに育てられた映画人だよ」

楽しそうに本郷監督は言った。

「本郷監督はいつ頃、映画人となったのですか」

明るい声で亜澄は訊いた。

「一九六一年だよ。いまから六〇年ほど前だ。ちょうど『竹寺の雪』が封切られた年だ。大学を出て、すぐに芙蓉映画のスケカンに採用された」

「スケカンってなんですか」

亜澄は首を傾げた。

「ああ、助監督のことだよ。現場でこき使われる監督の奴隷さ。テレビ業界のＡＤと同じような立場だ。つまりヒエラルキー最下位の存在だよ」

本郷監督は力の抜けた笑いをもらした。

「最下位……」

亜澄は目をぱちくりと瞬かせた。

「それで、最初に安井組に所属して、名匠安井《やすい》秀一《ひでかず》監督にすべてを学んだ。安井監督は人柄もすぐれていて素晴らしい親分だったよ」

「安井秀一監督って有名な方ですよね」

亜澄の言葉に、本郷監督は大きくうなずいた。

「そう、小津《おづ》安二郎《やすじろう》と並ぶような歴史に残る巨匠さ」

本郷は背を伸ばして答えた。

「で、本篇の話をすると、その頃、洋介さんは、安井監督の映画によく出ていた。僕が最初に現場に出た洋介さんの主演作は『ハルニレの木陰』だった」

「新聞記者と看護師さんの悲恋ものですね！」

亜澄は弾んだ声を出した。

関川邸でも亜澄はこの映画のタイトルを口にしていた。

関川洋介の代表作らしい。

「そう、最後に若き看護婦役の蒔田《まきた》佳衣子《けいこ》ちゃんが脳腫瘍で死んじゃう話。二人とも大人気スターだったから当たったよ。そのとき洋介さんはもう三八歳っていう歳だったけどまだ三〇歳をちょっと出たくらいにしか見えなかった。あ、いまの人が幼く見えるってのは間違いだな。君。あの頃だって美男美女は若く見えたね」

声を立てて本郷監督は笑った。

「俳優としての関川洋介さんはどんな方でしたか」

「二枚目スターだけど、演じる役柄になりきってしまう人だった。プライドの高い大学助教授なんか演じてるときはスタジオ入りするときからピリピリしてるんだ。こちらも気をつけて口きかないと機嫌が悪くなる。気弱で坊ちゃん育ちの老舗の三代目なんて役のときは、すごく品がよくて誰にでも弱腰なんだ。そんな風に現場での洋介さんは役によって別人だった。でね、おもしろい話がある。洋介さんが珍しく時代物に出て、江戸時代の大物歌舞伎役者を演じたことがあるんだ。そのときね、スタジオにいる連中を十何人って昼飯に連れ出した。最初にうどん屋に行って、うどんを食わせる。みんながごちそうさまって言うところで『さぁ、次だ』って言って寿司屋に連れて行き、好きなように食わせる食わせる。寿司だから誰もが必死に詰め込む。みんなが満足しきったところで『次だ、次っ』って言って、東京でも一、二っていう鰻屋に連れて行って特重を人数分注文してみんなの前に並べる。みんなは腹が破裂しそうだから、目の前の香ばしい鰻重を前にげんなりしたり、悔しがったりするしかなかった。日頃は鰻なんて縁のない連中だからみんな涙を呑んで箸をつけられなかったって話さ」

おもしろそうに本郷監督は笑った。

「つまり……いたずらですよね」

あっけにとられて亜澄は訊いた。

「そう、自分が演じた歌舞伎役者が江戸時代にやったのと同じいたずらなんだよ。どうやら、その組の連中がダラけてたんで、洋介さんとしては鉄槌を下したらしい。そんなおかしな叱り方をする人だった。腹を立ててもどこか洒落てユーモアたっぷりな洋介さんだったわけだ。それは安井組の話じゃないんで、僕は話に聞いただけだけどね」

本郷監督は片目をつぶった。

元哉は失笑した。

古きよき時代の話だろう。いまどき、そんな豪快ないたずらをする俳優がいるとは思えない。

いずれにしても関川洋介は尊大な人物とは思えない。また、直情径行とは正反対のウィットに富んだ男だったらしい。

「それで、インタビュー中の赤尾さんのようすはどうでしたか」

亜澄は本郷監督の目を見つめて訊いた。

「どうって？　別に変わったようすはなかったね。初めて会った男だけど、明るいし礼儀正しくて問題はなかった。ノンフィクション作家だというが、いわゆるライターさんという感じだったね。ユーモアセンスもある男だったからインタビューは楽しかったよ」

平らかな調子で本郷監督は答えた。

「では、赤尾さんが怯えているとか、焦っているとか、あるいは落ち着かないようなようすなどは見られなかったのですね」

亜澄の念押しに本郷監督は首を傾げた。

「まったくなかったね。僕が喋りすぎたせいで、一時間半の予定が二時間を超してしまったがね」

本郷監督は頭を掻《か》いた。

関川邸で聞いた内容とも合致する。

赤尾はこの時点ではまさか自分が殺されるとは夢にも思っていなかったようだ。

「インタビューの後にお食事をなさったわけですね」

亜澄は質問を変えた。

「うん、高代さんがお得意のミートローフを焼いてくれてね。僕と恵智花ちゃんでワインを傾けながらのディナーさ。ほどよくアルコールがまわったくらいのときに高代さんと優美さん、寺西くんも仲間に入ってワイワイやってた。そしたら、赤尾さんが記念館から内線電話でタクシーを呼んでくれと言ってきた」

「何時頃ですか」

「時間はよく覚えとらんよ。いずれにしてもタクシーが来る頃になっても、赤尾さんは戻ってこないし、電話にも出ない。しびれを切らして高代さんが記念館に向かったが内側から鍵が掛かっているという。もしかして急病なのかとみんなで駆けつけたよ」

そのときのことを思い出したのか、本郷監督は険しい表情で答えた。

「記念館に駆けつけたのはどなたでしたか」

亜澄は関川邸の連中にしたのと同じ質問を繰り返した。

「そうだ、あのとき優美さんは屋敷に残っていたな。だから、僕と恵智花ちゃん、高代さんと寺西くんの四人だ。高代さんが入口の鍵を開けて、展示室には誰もいなかったんで映写室に急いだ。そしたら、赤尾さんが映写室の最前列のまん中の椅子に横向きに倒れてた。さっき言ったとおり、絵になりにくい横倒しで死んでいた。いや、恐ろしかったよ」

本郷監督はぶるっと身を震わせた。

「ドリーインで撮ったら絵になるんでしたよね」

不謹慎と思いつつも、元哉はやわらかい空気を作り出したくて言った。

「そうそう。わかってくれたかな。僕も本篇のなかでは死体を何回も描いたが、ホンモノの殺人事件に出会うのなんかは初めてだからね。そりゃあ驚いてアタフタして僕はへたり込んじゃったよ。でも、高代さんは気丈だからね。すぐに気を取り直して一一九番に電話してくれたんだ。僕はガタガタ震えっぱなしでなにもできなかったんだよ」

本郷監督は恥ずかしげに頭を掻いた。

「それで救急隊員や警察官が来たんですね」

亜澄は相づちを打つように言った。

「そう、そうだよ。あんたらが来てくれた」

ここまで本郷監督が話したことと関川邸の人々の供述に食い違いはなかった。

また、関川邸の四人と同じく、本郷監督を犯人と疑う要素はほとんどないと元哉は感じていた。

「お伺いしたいことがあるんですが、七条晶子さんのことなんですが」

亜澄は質問を七条晶子に変えた。

「ああ、晶子さんか……」

本郷監督がぼんやりとした声で言葉を継いだ。

「赤尾さんが最後に観ていた『竹寺の雪』の主演女優だね」

「そうです。そうです。その方です」

得たりとばかりに亜澄はうなずいた。

「あの本篇で関川洋介と心中するラストシーンは、当時ずいぶんと話題をさらったもんだ。古くさい宣伝部だと『満都の紅涙を絞った』って謳う感じかな」

嬉しそうに本郷監督は笑った。

「なんです、それ？」

亜澄はポカンとした顔で訊いた。

元哉にも「満都の紅涙」の意味はわからなかった。

「紅涙ってのは若い女性の涙を指す古い言葉だよ。東京中の若い女性が泣いたってな意味だ。悲恋物は安井監督のお家芸だし、悲しくきれいな絵作りは得意技だ。実は僕もスケカンやってたんだ。芙蓉映画に入って最初の頃だったから張り切ったよ。ラストシーンで降る雪は塩なんだけど、僕が調布の多摩川撮影所倉庫から現場までオート三輪のトラックで運んだんだよ」

懐かしげな本郷監督の声が聞こえた。

「塩なんですか」

驚いて亜澄は訊いた。

「そう、現場は報国寺に見立てた藤沢市内の竹林だった。報国寺の竹庭だとキャメラ用のクレーンやドリー、照明用の大型スタンドなんかが入れないからね。で、あのシーンは公開年の春に撮ったんだけど、鎌倉に雪なんぞあり得ない時期だ。仮に冬だとしても撮影に合わせてそう都合よくは降ってくれない。本篇で塩を雪に使うことは珍しくない。最近の話だけど、ミーシャって歌手がいるでしょ」

本郷監督は亜澄の目を見て言った。

「はい、知っています」

亜澄は素早くうなずいた。

本郷監督からＭＩＳＩＡの名前が出るとは思っていなかったが、彼女のデビューは四半世紀くらいむかしだ。監督だってまだ六〇歳前後だったろう。知っていても不思議はない。

「あの人の『エヴリシング』って曲のさ、ミュージック・ビデオがあるじゃない。横浜の赤レンガ倉庫で撮ったフィルムもの。あの雪だって数トンの塩なんだよ」

本郷監督は亜澄の顔を見てニヤリと笑った。

「びっくりです。あの映像は何回か観たことありますけど、完全に雪だと思ってました」

亜澄は目を瞬かせて言った。

「視聴者にバレるようじゃプロじゃないよ。あのビデオはかなり広いシーンを撮ってるから大変だったと思うけどね。あれよりずっと狭い範囲だったけど、『竹寺の雪』のラストシーンも僕はしんどかった。春なのに汗かきまくりだったからね」

本郷監督は楽しそうに笑った。

元哉も雪だと思い込んでいたので、驚きを隠せなかった。

「関川洋介さんと共演した七条晶子さんは人気女優だったんですよね」

亜澄は七条晶子に質問を変えた。

関川邸ではあまりはかばかしい答えが聞けなかった。

本郷監督に話を聞くつもりだったのだろうか。

七条晶子が『竹寺の雪』で相手役の女優なのだから興味を持つのは当然だ。

「昭和三〇年代には大人気だった女優だ。清楚で知的なお嬢さんっぽい美貌が魅力でね。

芙蓉映画の純愛路線にはぴったりの女優だった。安井監督も何本もの映画に起用した。デビューは二〇歳で昭和三〇年のはずだ。彼女は銀座の百貨店の紳士服コーナーで働いているところを芙蓉映画にスカウトされたんだ。世代的には吉永小百合、和泉雅子、松原智恵子の日活三人娘より上の世代だ。ちょうど芦川《あしかわ》いづみくらいだろう。日活三人娘の躍進で霞んでしまったけど、あのまま映画界にいれば最近でも活躍していたんじゃないかな」

淋しげな影を漂わせて本郷監督は言った。

「早くに引退されたんですよね」

亜澄は言葉少なく続きを促した。

「うん、『竹寺の雪』が最後の出演作になった。一九六一年、つまり昭和三六年にはこの業界から去った。もう六〇年以上前の話だ。人気絶頂での七条晶子の引退は『第二の原節子《はらせつこ》』とも呼ばれた」

本郷監督は元気なく答えた。

「原節子ですか……名前は聞いたことがあります」

亜澄はおぼつかなげな声を出した。

元哉もなんとなく知っていた。

「戦前から戦後にかけての日本映画界を代表する女優だ。一九四九年の『晩春』や一九五三年の『東京物語』などの小津安二郎監督の映画に主演して一時代を築いた。『永遠の処女』とも呼ばれた。だが、一九六三年に小津監督が還暦で病没すると、その通夜の席を最後に公には姿を現さなくなった。まるで小津監督に殉ずるかのように映画界を引退したんだ。理由はさまざまな憶測があるが真相はわからない」

本郷監督は眉間にしわを寄せた。

「とつぜん映画界を去ったことは共通していますね」

亜澄はあごを引いた。

「うん、そのためにその頃七条晶子は『第二の原節子』などとも呼ばれた。また原節子と同じく『永遠の処女』とも称された。もっとも七条晶子は原節子より二年前に引退しているんだがね」

本郷監督はかすかに笑った。

「七条晶子さんはどんな理由で引退したのですか」

亜澄は質問を七条晶子に戻した。

人気絶頂での引退となると、結婚後、家庭にでも入ったということだろうか。

さっき名前の出ていた芦川いづみという女優は、藤竜也《ふじたつや》と結婚して人気絶頂時に引退した。現在も夫婦仲はとてもいいそうだ。

元哉はその話をウェブのコラム記事で見たことがある。

「七条晶子の場合は芦川いづみとは違う。彼女はとつぜん芙蓉映画にやめるとの連絡をしてきたんだ。関係者があわてて、その頃彼女が住んでいた大崎の貸家を訪ねたが、もぬけの殻だった。家主も含めて誰も彼女の転居先を知らなかった。芙蓉映画の弁護士が住民票を調べたが、出身地である東京都世田谷区内の実家に移っていた。両親をすでに亡くしていたので実家には兄夫婦が住んでいたが、晶子さんの行方はもちろん知らなかった。とどのつまり誰にも理由も告げず、煙のように消え去ってしまったんだよ。七条晶子という人気女優は」

詠嘆するような口調で本郷監督は言った。

「七条晶子さんは単なる引退ではなく、一種の失踪をしたのですね……」

亜澄は乾いた声を出した。

「そうだ。まさに失踪だ」

本郷監督は暗い顔で言葉を継いだ。

「その後の七条晶子の消息が一度だけ伝わってきた。後輩の女優である宇都宮《うつのみや》茉莉子《まりこ》が鎌倉市内で偶然に出会ったのだよ。いまから八年ほど前のことだ。二人は小一時間喫茶店で話をした。晶子は鎌倉市内で隠棲しているということだ。結婚をしたことはなく、家族もいない。幸いにも引退前に買い求めていた不動産があって、その賃貸料などで暮らしているそうだ。茉莉子は晶子から住所を聞き出した。誰にも訪ねてきてほしくないが、僕たち数人の者だけには伝えていいと彼女は言ったそうだ。僕は芙蓉映画に入った頃は、晶子さんにすごくかわいがられていたからね。個人的にも姉のように思っていたよ。だが、それきり七条晶子の存在はふたたび消えてしまった。僕はなんとなく訪ねにくくてね、それきりにしてしまった」

淋しそうに本郷監督は言った。

「でも、ご存命だそうですね」

間髪を容れず亜澄は訊いた。

「どうしてそれを知っているんだね」

本郷監督は首を傾げた。

「恵智花さんから伺いました」

大きくうなずいて本郷監督は答えた。

「ああ、関川家の者には伝えただろうな。関川洋介はとっくの昔に亡くなっているが、やはり晶子さんは洋介さんを尊敬しきっていたからな」

「関川洋介さんと七条晶子さんの間に恋愛関係はあったのでしょうか」

亜澄は身を乗り出すようにして訊いた。

「いや、そんな話は聞いたことがない。だいいち晶子さんがデビューしたとき、関川洋介は結婚していたし、女性関係にはきわめて恬淡な男だった。僕は彼には親しくしてもらっていたからよくわかる。酒を飲んでも女の話ひとつしない。宴席で女を口説くような話が出てくると、不愉快そうに黙って酒を飲んでいた。彼は銀座のクラブなんかにも顔を出さなかった。男の俳優なんてもんはたいてい浮いた話がいくつもあるものだが、関川洋介には皆無だった。だから仲間内では『聖人君子』とか『女権家』なんて半分は嫌味で呼ばれていた」

本郷監督はのどの奥で笑った。

「関川洋介さんについて詳しいお話を聞かせて頂き、ありがとうございました。繰り返しになりますが、今回の事件の被害者である赤尾冬彦さんは関川洋介さんの生誕一〇〇周年を記念して刊行する予定の『彩雲～俳優 関川洋介の軌跡』という伝記を書いていました。その取材をするために関川邸を訪れ、記念館で絞殺されました。また、殺害時に赤尾さんは関川洋介主演の『竹寺の雪』を観ていたのです。わたしは、今回の赤尾さん殺害事件は関川洋介さんの歴史……というか俳優人生と関わりがあるかもしれないと考えています」

亜澄は真剣な表情で言った。

「あれだけ僕の昔話を辛抱強く聞いてくれたのは、なぜだろうと思っていたんだ」

本郷監督はあいまいにうなずいた。

「お願いがあるんですけど」

亜澄は急に居住まいを正した。

「なんだろう?」

本郷監督は亜澄の顔をじっと見た。

「七条晶子さんの住所を教えてほしいんですが」

気負い込んで亜澄は言った。

「うーん」

うなり声が響いた。

「晶子さんのところを訪ねるというのか……もう八八歳だ。静かに暮らしている彼女の心を乱すことになる」

厳しい顔つきで本郷監督は言った。

「赤尾さんには殺人事件の被害者になるような理由がひとつも見つかっていないのです。だから、赤尾さんが熱心に調べていた関川洋介さんのことを知る人たちにお話を伺っています。七条さんにお目に掛かりたいのもそのためです」

「しかし……」

本郷監督はためらいの表情を浮かべた。

「どうしてもお教え頂けないでしょうか。七条さんには関川洋介さんの昔話を伺うだけなんです。捜査の進展のために、どうかお願いします」

亜澄は懇願口調で頭を下げた。

亜澄は七条晶子にどうしても会いたいと願っているようだ。

「まぁ、赤尾さんは関川洋介伝を書いていたわけだからな……」

あきらめたように、本郷監督は肩をすくめた。

「ありがとうございます！」

亜澄は声を弾ませた。

「仕方がないよ。人が一人死んでるんだ。それに、関川洋介の歴史とからんでいるかもしれない犯罪ということだ。晶子さんには本郷が謝っていたと言っておいてくれ」

本郷監督は力なく笑った。

亜澄は本郷監督のアドレス帳から七条晶子の住所と電話番号を自分の手帳に写し取った。

「貴重なお時間を頂戴したことに篤く御礼申しあげます」

丁重な口調で言って亜澄は、深々とお辞儀をした。

元哉も隣で頭を下げた。

映画黄金時代の生き証人から、当時の生々しい話を聞けたのは楽しかった。

「いや、ブラブラ遊んでいる身だからね。昨日は整体の先生のところに予約を入れていたんで今日になってしまった。年寄りの昔話につきあってくれてありがとう。楽しかったよ。また遊びに来てくれ。歓迎するよ」

本郷監督はゆったりと笑った。

2

潮風に吹かれながら本郷邸を辞去して飯島の停留所で鎌倉駅行きのバスを待った。

「いい時間になっちゃったね」

スマホを覗き込みながら亜澄が言った。

「ああ、これからどうする？」

元哉の時計の針は一一時半をとっくに過ぎている。

「あのさ、病院に行ってみない？」

亜澄は元哉の顔を見て言った。

「病院って……関川由布子さんに会いに行くのか」

ぼんやりと元哉は訊いた。

関川洋介の実の娘だ。いつかは会う必要はあるだろう。

だが、あえて病床を訪ねる必要があるだろうか。

「そう、大船総合病院にお見舞いに行ってみようよ」

気を引くように、亜澄は誘った。

「お見舞いに行くのならかまわないか……」

つぶやくように元哉は答えた。

「面会時間は午後二時から四時までだって」

「病院は大船のどこにあるんだ？」

「大船駅から歩いて一五、六分の場所だよ」

「それなら、たいしたことはないな」

刑事は足が速いので、一五分で二キロくらいは歩く。

「鎌倉駅まで戻ってＪＲで大船まで行こう」

弾んだ声で亜澄は言った。

元哉と亜澄は大船駅で降りて松竹通りを歩き始めた。

同じ鎌倉市だが、鎌倉駅前とは大きく雰囲気が変わるのは以前来たときにも感じた。

大船駅の笠間口近くから、鎌倉女子大学の方向へ東に続く道路は松竹通りと呼ばれている。

この通りの先には一九三六年から二〇〇〇年まで松竹の大船撮影所が存在した。

現代映画を撮影する世界最大規模の大スタジオで、数々の傑作を生み出し、「夢の工場」とも呼ばれた。最盛期には約一二〇〇人のスタッフが四、五人の監督の下で働いていた。

小津安二郎監督も大船撮影所で映画を撮っていた。原節子主演の『晩春』、『麦秋』、『東京物語』などの名作は大船撮影所で生まれた。

松竹の看板映画だった『男はつらいよ』シリーズもここで撮られ続けた。「とらや」のほとんどと「くるまや」はここのスタジオ内のセットだった。

大船は文字通り映画の町だったのである。

松竹の経営悪化に伴って大船撮影所の閉鎖が決まった。山田《やまだ》洋次《ようじ》監督の『十五才 学校Ⅳ』の撮影を以て六〇年以上の歴史を持っていた松竹映画の殿堂はその使命を終えた。

現在、跡地は鎌倉女子大学と鎌倉女子大学短期大学部の大船キャンパスとなっている。

元哉と亜澄は松竹通りに面したビルの二階の中華料理店で定食を食べた。

亜澄に言わせれば、大船は松竹があったおかげで、いまも安くて美味しいお店が多いそうである。

由布子が入院している病院は、鎌倉女子大の北西の方向へ進んだ小高い丘の上にあった。

五階建ての白い建物はかなりの大規模に見える堂々たる構えだった。

途中の花屋で、亜澄は花束を用意してきた。

エントランスから天井の高いロビーに入ると、ライトブルーのイスがずらっと並んでいた。正面の受付カウンターに元哉と亜澄は歩み寄っていった。

「消化器外科に入院中の患者さんにお見舞いに来たのですが」

丁重な口調で、亜澄は受付の女性に声を掛けた。

「患者さんのお名前をお願いできますか」

制服姿の受付の女性は平らかな調子で尋ねた。

「浄明寺にお住まいの関川由布子さんという女性です」

亜澄ははっきりとした発声で言った。

「お待ちください」

女性は手もとの電話の受話器を取り上げて、確認をとっている。

「申し訳ございません。関川さんは面会できない病状です」

受話器を置いて女性はかるく頭を下げた。

「面会謝絶ということですか」

驚いて亜澄は訊いた。

「はい、担当医の許可が出るまではどなたも面会できません」

女性は頭を下げた。

「わかりました」

亜澄はくるっと向きを変えて元哉の顔を見た。

元哉は首を横に振ってみせた。

二人はロビーのソファに力なく腰掛けた。

「面会時間に来たのに、まさかそんな状態とはな」

肩を落として元哉は言った。

「話、聞きたかったね」

亜澄はふうと息を吐いた。

「あら、小笠原さんと吉川さん」

若い声が元哉たちの名を呼んだ。

声のするほうを見ると、森岡恵智花が長袖のバスクシャツとデニム姿で立っていた。

「恵智花さん、お見舞いですか」

やわらかい声で亜澄は言った。

「はい、でも……伯母は急に具合が悪くなってしまって」

「ご心配ですね」

眉根を寄せて恵智花は答えた。

あたたかい声で亜澄は言った。

「ありがとうございます。過去にも何回かこんなことがありました。また復活してくれると、わたしは信じています」

恵智花は口もとにかすかな笑みを浮かべて答えた。

「わたしたちもお見舞いに伺ったのです」

手にした花束をちょっと掲げて亜澄は言った。

「わざわざ来てくださったのに申し訳ないです」

恵智花は恐縮したような顔になった。

「いやいや、ついでに由布子さんからお話を伺えればと思っていたので……」

言い訳するように亜澄は言った。

当然ながら、元哉たちがお見舞いだけの目的でわざわざ来るはずはないのだが。

「お知り合いかい？」

耳触りのよい声が響いた。

恵智花のかたわらに五〇代なかばくらいの男が進み出た。

少しラフな髪はいくらかウェーブが掛かっている。

俳優なのか……しゅっとした細面の目鼻立ちの整った男である。

彫りが深く甘いマスクの持ち主だ。

身体にぴったり合ったベージュ色の仕立てのよいジャケットを着ている。

「ええ、神奈川県警の刑事さんたちです」

明るい声で恵智花は言った。

「ああ、洋介さんの伝記を書いている作家が殺されたっていう……」

納得したように男はうなずいた。

「県警の小笠原と申します」

「同じく吉川です」

二人はそれぞれに名乗った。

「僕は蜂屋《はちや》貞一《ていいち》と言います」

少し背を伸ばして男は名乗った。

「もしかして俳優の蜂屋貞一さんですか」

亜澄は声を高めて尋ねた。

「お、僕のこと知ってた？」

嬉しそうに蜂屋は訊いた。

「はい、わたしが中学生の頃ですが、『東京ＢＡＮＤＳ』に出ていらっしゃいましたよね。中学生ヒロイン友梨亜《ゆりあ》の素敵なパパ役で人気でしたね」

亜澄ははしゃぎ声を出した。

彼女が中学生の頃と言うと、一五年ほど前だろう。

元哉は蜂屋という俳優をよく知らなかったが、目の前の男の顔には見覚えがあった。

「ありがとう。わりあい評判よかったんだ。あの頃は、僕も露出度が高かったからね。

四〇歳前後の頃だな」

平らかな声で蜂屋は答えた。

とすると、蜂屋はやはり五〇代なかばか。

「いろんなドラマに出ていらっしゃいましたね」

明るい声で亜澄は言った。

「五年前に大きな病気をしてね。それからあまり仕事は受けてないんだ」

ちょっと淋しそうに蜂屋は言った。

「関川由布子さんとはお親しいんですか」

亜澄の問いに蜂屋はうなずいた。

「そう、仲よしだよ。さくらテレビの『春の夜は悪魔とともに』で共演したのがきっかけでね。もう、七年くらいにはなるかな。それから何回も同じドラマで一緒になった。お宅にもよく伺っていたしね」

口もとに笑みを浮かべて蜂屋は答えた。

「伯母が入院してからは何度もお見舞いに来てくださっているんですよ」

横から恵智花が笑顔で言い添えた。

「それにしても恐ろしい事件が起きたものだねぇ。いつだっけ」

顔をしかめて蜂屋は訊いた。

「四月一〇日の夜です。午後七時過ぎから八時過ぎ頃と推定されています」

亜澄が説明すると、蜂屋は低くうなった。

「四月一〇日だったか」

「ちなみにその日はなにをしていたか覚えていますか」

亜澄はいきなり蜂屋のアリバイを確かめ始めた。

「アリバイかい？」

おもしろそうに蜂屋は訊いた。

「いえ、あくまで形式的なお尋ねです」

さらっと亜澄は言った。

特別に蜂屋を疑う理由はないのだが、亜澄は念のために確認しているのだろう。

「ちょっと待ってよ」

蜂屋は取り出したスマホを操作した。

「あの日か。僕は新橋ホテルで開かれたパーティーに出ていたよ」

亜澄の顔を見ながら蜂屋は答えた。

「どんなパーティーですか」

「渋江《しぶえ》政弘《まさひろ》さんの古希を祝う会に出ていた。六時に開かれて八時半くらいまでね」

蜂屋の言葉が正しければ、アリバイは完璧ということになる。

「有名な俳優さんですよね」

亜澄はおだやかな声で答えた。

元哉も知っている性格俳優だった。

「そうなんだ。むかしはずいぶんお世話になったからね」

蜂屋はゆったりと微笑んだ。

「由布子さんのお父さんの関川洋介さんのことについてお尋ねしたいのです」

亜澄は身を乗り出して訊いた。

「いや、無理な話だよ。洋介さんは僕が五歳のときに亡くなっているんだ」

蜂屋はあきれ顔で答えた。

「由布子さんから洋介さんのお話は聞いていないですか」

食い下がって亜澄は問いを重ねた。

「うん、家庭ではやさしいお父さんだったようだね。ただ、仕事があまりに忙しくて、家に帰らない日も少なくなかった。由布子さんは帰ってきたお父さんに学校や友だちの話をするのが大好きだったと言っていた。洋介さんはいつもニコニコして話を聞いていたという。だが、彼女が一一歳のときに病気で急逝してしまった。ロケ先のホテルでのことだ。凶報を知った彼女はショックで気絶してしまったそうだ。それからは淋しい日々だったと言っていた」

蜂屋はしんみりと言った。

「由布子さん姉妹はお母さんの手で育てられたのではないのですね」

亜澄の言葉に蜂屋はうなずいた。

「お母さんの真智子《まちこ》さんはすでに亡くなっていたんだよ。彼女が乳児のときだ。それで、由布子さんは父方のお祖父さんとお祖母《ばあ》さんによって育てられたんだ。お祖父さんは旧海軍の職業軍人で終戦時は軍令部に勤めていた少佐だった。で、まぁ洋介さんの貯金もたくさんあったし、お祖父さんの恩給もあったのであの屋敷を維持しても暮らしには困らなかったと言っていた」

思い出すように、蜂屋は語った。

「わたしも同じような話を母から聞いています。ただ、伯母はまだ小さかったので、曾祖父のことはまったく覚えていないそうです。物心ついたときには乳母役の女性が母だと思い込んでいたようです。その後、祖父がわたしの祖母、屋代早織と結婚したので、祖母が生さぬ仲の母親ということになりました」

恵智花が笑顔で言った。

由布子は乳母に育てられたのか……金持ちの家は違うなと元哉は内心で舌を巻いた。

「由布子さんから聞いている関川洋介さんのお話はなにかありませんか」

亜澄は念を押した。

「たくさん聞きましたが、あとは出演した映画の話くらいだね」

平板な口調で蜂屋は答えた。

「『竹寺の雪』という一九六一年の映画をご存じですか」

「すみません、僕は洋介さんの出演映画は何本も観ていないので、その映画は知らないね」

蜂屋は頭を掻いた。

「ちなみに被害者の赤尾さんのことはご存じでしたか」

「いや、僕は会ったこともありませんからね……伝記の刊行は楽しみにしていたんだけどね」

蜂屋は残念そうな声を出した。

「あのね、蜂屋さん。祖父の伝記は出るそうです」

恵智花がいくぶん明るい声で蜂屋に告げた。

「本当かい？」

蜂屋は恵智花の顔を見て訊いた。

「ええ、昨日担当編集の方から、執筆者が伊作久逸夫先生に替わって年内に刊行される予定だとの電話を頂いたの」

口もとに笑みを浮かべて恵智花は言った。

「おお、伊作久先生か。剣豪ものを何冊か読んだことがあるよ。それはよかった」

蜂屋は顔をほころばせた。

「その話を伯母に伝えに来たのだけど……」

一転して恵智花は沈んだ声で言った。

「大丈夫さ。由布子さんは強い人だよ」

蜂屋は慰めるように、恵智花の肩に手を置いた。

「お話を伺えて助かりました」

その場の空気が暗いものになったせいか、亜澄は辞去を急ごうと考えたようだ。

元哉にも異存はなかった。

「いいえ、お見舞いに来て頂いて感謝しています」

はっきりと恵智花は答えた。

「いや、僕はあまり役に立てなくて」

照れたような顔で蜂屋は答えた。

「このお花、由布子さんにお渡ししようと思ったんですが……」

亜澄はソファのかたわらに置いていた花束を手にした。

「ありがとうございます。伯母の病室に入れたら飾らせて頂きます」

恵智花は花束を受けとって微笑んだ。

3

「これからどこへ聞き込みに行く？」

大船駅に戻る松竹通りで、元哉は亜澄に声を掛けた。

「七条晶子さんのお宅を突撃しよう」

気負い込んだ調子で亜澄は鼻から息を吐いた。

「アポなしで行くのか？」

重要参考人でもあるまいし、隠棲している人間のもとにいきなり押しかけるのは気が引けた。

「なに言ってるのよ。電話入れたら会ってくれないかもしれないじゃん」

小馬鹿にしたように、亜澄は鼻にしわを寄せた。

ムカついたが、亜澄の言うことはもっともだ。

関川家の人々とは違って、七条晶子が会ってくれない可能性は懸念される。

「わかったよ」

元哉は旗を巻いた。

「七条晶子さんのお宅は瑞泉寺《ずいせんじ》の近くだよ」

「どのあたりになるんだ？」

瑞泉寺という寺の名を元哉は知らなかった。

「報国寺から北へ直線距離で一キロくらいの位置なんだけど……鎌倉駅から大塔宮行きのバスに乗って一〇分かな。終点で降りて一〇分ちょっと歩いたところだよ」

亜澄は決まり切ったことを訊くなという顔つきで言った。

元哉は亜澄のように鎌倉市内のことは詳しく知らない。

「じゃ、とにかく鎌倉駅に戻るわけだな」

「そうだよ。あたりまえじゃん」

亜澄は素っ気ない声を出した。

なにもそんな言い方をしなくてもいいものをと思って元哉は答えた。

「急ごう。日が傾き始めた」

元哉たちは鎌倉駅から大塔宮（鎌倉宮）行きのバスに乗った。

鎌倉宮は護良親王《もりながしんのう》を祀るために、明治期に建立された神社だそうだ。

広い駐車場になっている終点のバス停から鎌倉宮を左手に見て道を進んだ。

瑞泉寺の手前で道を左に折れた谷戸のいちばん奥に、瀟洒な板塀に囲まれた和風住宅が見えてきた。

住宅のまわりは杉林で覆われて、どこからかキジバトの声が響いてくる。

母屋のかたわらのカーポートには、旧式の黒塗りのトヨタ・センチュリーとシルバーメタリックのスズキ・アルトが駐まっていた。

「あれみたいだね」

亜澄は住宅を指さしながら、門へと歩み寄っていった。

数寄屋門というのだろうか、灰色の瓦を載せたなかなか凝った造りだ。

それほど大きくない門には「七条」という表札が出ている。

たしかに七条晶子が隠棲している家のようだ。

「間違いないみたいだな」

「ご本人がいてくれればいいけど」

亜澄は呼び鈴を押した。

「すみませーん、七条さん」

反応がなかったので、亜澄は呼び鈴を鳴らしながら叫んだ。

しばらくすると、門のなかで人が動く気配がした。

門扉が開いて一人の老人が出てきた。

七〇代なかばくらいだろうか。

きちんと撫でつけた真っ白な髪の下に端整な顔立ちが目立つ。

わし鼻が玉に瑕《きず》と言ったところだろうか。

中肉中背できちんとスーツを着込んでいる生真面目な感じの男だった。

「なにかご用でしょうか」

男はきつい目つきでねめつけた。

「失礼ですが、ご主人さまですか」

ていねいに亜澄は訊いた。

「とんでもない。わたしはここの使用人です」

男は顔の前で手を横に振った。

「こちらは七条晶子さんのお住まいですよね？」

亜澄は男の顔をじっと見て訊いた。

「あなた方は？」

問いには答えず、男は元哉たちの顔を交互に見て訊いた。

「申し遅れました。わたしは神奈川県警鎌倉署の小笠原と申します」

亜澄は警察手帳を提示して名乗った。

「吉川と申します」

元哉もこれに倣った。

「警察がなんの用事ですか」

硬い表情で男は訊いた。

「わたしたち、四月一〇日に市内で起きたノンフィクション作家の赤尾冬彦さんが殺された事件を捜査しております」

亜澄はやわらかい声音で言った。

「関川記念館で起きた事件ですね。新聞で読みましたよ」

気のない調子で男は答えた。

「その件で、七条晶子さんに伺いたいことがあるのです」

静かな口調で亜澄は言った。

「うちは関係ないと思いますが」

男は素っ気ない調子で答えた。

「わたしたちは七条晶子さんにお目に掛かりたいと申しております」

いくらか強い声で亜澄は言った。

言外に晶子を出せと要求していた。

「お会いする義務はないと思いますが」

男は元哉たちを睨んだ。

「失礼ですが、お話を聞きたいのはあなたではなく、七条晶子さんなんです。あなたには用はないです」

亜澄はイライラした口調で言った。

「なんだと」

声を尖らせて男は気色ばんだ。

「だから、七条さんに会わせてください」

いくぶん声をやわらげて亜澄は頼んだ。

「お断りします」

そっぽを向いて男は答えた。

「ご本人ならともかく、あなたには断る資格はないですよ」

冷静だが、毅然とした口調で亜澄は言った。

そのとき、五メートルほど離れた玄関の引き戸が開いた。

「宮崎《みやざき》さん、どうしたのです」

やさしい声が響いた。

元哉は声の主をパッと見た。

緑の混じった濃いグレーの高級そうな着物に、白っぽい帯を締めた小柄な女性が立っていた。

白い髪を和風のアップにした、とても品のよい老女だ。

漂う風格から見ても七条晶子に間違いがなさそうだ。

「わたしは、ちょっとクルマの調子を見て参ります。エンジン音がちょっと変でしたので……」

宮崎と呼ばれた男は、コソコソと建物の横のほうに消えていった。

「七条晶子さんでいらっしゃいますね」

明るい声で亜澄は訊いた。

「はい、わたくしが七条でございます」

晶子は静かな口調でかすかにあごを引いた。

関川記念館で見たポスターに写っていた、美女の面影が晶子には残っていた。

八八歳とはとても思えない若々しさだった。

顔のつやもしわの深さも、せいぜい七五歳くらいだろう。

発声もしっかりしていて、声もきれいだ。

「神奈川県警の者です。わたくしは鎌倉署の小笠原亜澄と申します」

手帳を提示して亜澄は名乗った。

「刑事部捜査一課の吉川です」

元哉も亜澄と同様に名乗った。

「ご苦労さまでございます」

晶子はきちんとした姿勢で頭を下げると、言葉を継いだ。

「あの……今日はどのようなご用件でお見えでしょうか」

首を傾げて、晶子は訊いた。

その姿勢がとても美しい。

やはり彼女は、一流の俳優として生きた人なのだ。

「わたくしたちは、四月一〇日に関川洋介記念館で殺された赤尾冬彦さんの事件を捜査しております」

笑みを浮かべて亜澄は言った。

「ああ、あの事件ですか。恐ろしいことでございますね。こんなところで立ち話もなんですから、どうぞお上がりください」

晶子は建物を指し示した。

数分後、元哉たちは応接間に通された。

完全な日本建築と思っていたが、元哉たちは南西角の洋間に通された。

小ぶりなガラスシャンデリアのやわらかな光が包む書棚に囲まれたこの部屋は一〇畳ほどで、普通の住宅のリビングと比べても相当に広いと言えよう。

だが、関川邸や本郷邸の応接間を見慣れた元哉の目にはこぢんまりと見えた。

元哉たちは緑色のベルベットのクッションを持つクラシカルなソファに案内された。

晶子は向かい側に座ると、グレー系のタータンチェックの膝掛けを掛けた。

「ごめんなさい。ちょっと肌寒いので……」

はにかむように晶子は笑みを浮かべた。

「素敵なお宅ですね」

部屋をみまわすと、まんざらお世辞でもない調子で亜澄は言った。

「たいした家ではございませんし、お客さまなどをお呼びすることもありません。わたくしが住むだけの家ですから」

恐縮したように晶子は答えた。

「いつ頃、建った家なのですか」

亜澄は興味深げに訊いた。

「昭和一〇年頃に横須賀鎮守府に勤めていた海軍少将の方が建てた家だそうです。戦後は横浜で貿易商をなさっていた梶《かじ》さんという方が所有していました。梶さんは隣地を買って二棟のゲストハウスやガレージを増設しています。わたくしは昭和四〇年頃に購入しました。そのまま、ずっとここに住んでおります」

晶子はたおやかに微笑んだ。

「歴史あるお宅なんですね」

「世間から隠れて住むにはちょうどいいあばら屋でございます」

晶子はゆったりと笑った。

変な謙遜を少しも感じさせない。

さすがだと元哉は内心で舌を巻いた。

「申し訳ございません。本当なら奥の客間の方が広くてよろしいのですが、ここしばらく膝が痛むものですから。洋間は手狭なのですが、座敷に端座するのは厳しいのでお許しください」

かるく頭を下げて晶子は言った。

「とんでもないです。こんな素敵なお部屋でお迎え頂けてありがたいです。わたしたちは、玄関先でお話を伺うことも多いんですよ」

明るい声で亜澄は言った。

「お言葉恐縮に存じます」

晶子はかるく頭を下げた。

「失礼ですが、素敵なお召し物ですね。とてもよく似合ってらっしゃいます。大島紬《おおしまつむぎ》って最高に贅沢な普段着ですよね。わたしも紬が似合うような大人になりたいとずっと思っています。それに柳煤竹《やなぎすすたけ》色とはシックなお好みですね」

亜澄は晶子の着物をまじまじと見て言った。

さすがに亜澄は詳しい。

元哉は色の名前もわからなかった。ただ、大島紬は大変に高価で、しかも普段着だと聞いている。

「お詳しいですのね」

晶子は目を瞬かせた。

「実はわたし、呉服屋の娘なんです」

笑顔で亜澄は言った。

「あら、そうですの」

やわらかい笑顔を晶子は浮かべた。

「平塚の《かつらや》っていう店です」

弾んだ声で亜澄は言った。

それでは実家の宣伝をすることになるではないか。元哉は内心で舌打ちした。

「今度伺ってみようかしら」

晶子はまじめな顔で言った。

「鎌倉からは遠いですから、いいです」

顔の前で亜澄は激しく手を振った。

宣伝をするつもりはないようだ。

「そうねぇ、平塚だとちょっと遠いかしら」

頬にかるく掌を当てて、晶子は言った。

「やっぱり草木泥染《そうもくどろぞめ》はいいですよね。それに紫陽花《あじさい》柄の織り模様がきれい。本当にすごく似合っていらっしゃいます」

目尻を下げて亜澄は言った。

「そんなに褒められては困ってしまいます」

うっすらと晶子は頬を染めた。

八八歳の晶子は少女のようにかわいらしかった。

そのとき割烹着姿の七〇歳くらいの小太りの女性が鎌倉彫の盆を持って入ってきた。

「いらっしゃいませ」

女性はにこやかに笑って元哉たちの前のテーブルに二客の茶碗と茶菓子を置いた。

「いただきます」

「ありがとうございます」

亜澄と元哉はそろって頭を下げた。

「失礼します」

一礼して女性は部屋を出て行った。

「それで、わたくしはなにをお話しすればよろしいのでしょうか」

晶子は亜澄の顔をじっと見つめた。

「実は今回の事件の被害者の赤尾冬彦さんは、あなたと共演されたことのある関川洋介さんの伝記を執筆中だったのです」

亜澄は伝記の話から始めた。

「まぁ、そんな本が出ることになっていたんですね」

嬉しそうに晶子は身を乗り出した。

「はい、一流出版社の創藝春秋から刊行予定だったのです。関川洋介さんの生誕一〇〇年を記念して『彩雲～俳優 関川洋介の軌跡』というタイトルだそうです」

「なんて素敵なことでしょう！」

晶子は両手を胸の前で合わせた。

「著者が亡くなってしまったのですが、執筆者がチェンジして刊行される予定だそうです。きっと日本の映画文化の記念碑になるとわたしは信じています」

亜澄は真剣な表情で言った。

「刊行までは死ねないわね」

左右の瞳を少女のように輝かせて、晶子は言葉に力を込めた。

「赤尾さんは亡くなったときに、あなたと関川洋介さんが共演なさった『竹寺の雪』を記念館映写室で観ていたのです」

亜澄は静かな声で言った。

「本当ですか……」

晶子の頬は青ざめた。

「わたしたちは、今回の事件が関川洋介さんの歴史と関係があるのではないかと考えております」

はっきりとした声で亜澄は言った。

「そんなことってあるんでしょうか」

いくぶん頬を引きつらせて晶子は言った。

「これはまだひとつの可能性に過ぎないのですが……。そこで、関川洋介さんについて七条さんがご存じのことを教えて頂きたいのです」

ていねいに亜澄は頼んだ。

「でも、関川洋介さんは遠いむかしに亡くなっていますよ」

不思議そうに晶子は言った。

「はい、一九七三年に病気で急逝されたと聞いております。ですので、洋介さん自身が今回の事件に関わっていることは考えられません。しかし、洋介さんが関わったなにかが事件と関係がある可能性は捨てきれません」

考え深げに亜澄は言った。

「なにかとはなんでしょう」

首を傾げて晶子は尋ねた。

「いまはまだわからないというのが正直なところです。もしかすると、『竹寺の雪』に関係している話かもしれないのです」

亜澄は晶子の目を見てゆっくりと言った。

「あの映画の」

緊張した表情で晶子は答えた。

「七条さんの引退作でしたね」

畳みかけるように、亜澄は問いを重ねた。

「はい、思い出深い映画ですが、はるかむかしの作品です。なぜあの映画が？」

晶子は首を傾げた。

「被害者の赤尾さんが最後に丹念に調べていた映画なのです」

亜澄はふたたび晶子の顔をじっと見た。

「そうですか……でも、あの映画については個人的な思い以外にはなにも考えつくことはありません」

晶子は亜澄の顔を見てはっきりと答えた。

「そうですか。関川洋介さんについて、なんでもいいから聞かせて頂きたいのです」

亜澄は正直に言って頼んだ。

「わたくしは一九六一年に引退しております。ですので、亡くなったとき以外に、関川洋介さんにも引退以降は一度も会っておりません。お話しするようなことはなにもありませんが」

晶子はとまどいの表情を浮かべた。

「関川洋介さんはどんな方でしたか」

やんわりと亜澄は訊いた。

「尊敬すべき方でした」

宙へ目をやって晶子は答えた。

「立派な俳優さんだったのですね」

うなずいて亜澄は相づちを打った。

「仕事には真正面から向き合い、いつも全力投球でした。役作りのために一〇キロくらい体重を増やすことも減らすことも厭いませんでした。お酒の大変好きな方でしたが、役柄のためには平気で断酒を続けました。また、下の者にはとてもやさしく思いやりがある方でした。反対にどんな大物監督であろうと映画会社の重役であろうと、自分の信念を曲げることはありませんでした。あんなに仕事と自分に厳しく、他人にはやさしい俳優をわたくしはほかに知りません」

晶子はしっとりと瞳を潤ませた。

だが、元哉はこの晶子の言葉には生々しさを感じなかった。

何度も共演していた関川洋介に対して、この程度の言葉しか出てこないのだろうか。

どこか模範解答であるような気がした。

「関川洋介さんが亡くなったことはご存じだったのですね」

亜澄は晶子の目を見て訊いた。

「大きく報道されましたから、もちろんすぐ知りました。わたくし、実はお通夜にはこっそり参列しました。どうしても最後にお別れをしたかったのです。一二年ぶりにお会いして、涙が止まりませんでした。でも、マスクで顔を隠していたので、誰にも気づかれませんでした」

晶子はちいさく笑った。

「赤尾さんは七条さんのところへは訪ねてきませんでしたか」

亜澄は質問を変えた。

「はい、ここの住所は知らないでしょうから」

意外なことを訊かれたように、晶子は目を見張った。

元哉は晶子はウソをついていないと感じた。

「ほかに関川洋介さんについて、なにか印象に残っていることはありませんか」

亜澄は問いを重ねた。

「申し訳ありません。むかしのことなので、それくらいしか覚えておりません」

恐縮したように、晶子は頭を下げた。

「ありがとうございます。つかぬことを伺いますが、門のところでお会いした宮崎さんはこちらで働いていらっしゃるのですか」

礼を言って亜澄は質問を変えた。

絶対に元哉たちを晶子に会わせまいと、宮崎は強硬な態度をとっていた。

「宮崎隆之《たかゆき》さんと言いまして、うちに六〇年勤めてくださっている方です。財産管理をしてくださっています。わたくしがそういうことは苦手なものですから。ふだんはおもに庭や外回りの管理と、クルマの運転をしてくださっています」

微笑みながら晶子は言った。

「六〇年ですか」

亜澄は驚きの声を上げた。

勤め始めた頃、宮崎はいくつだったのだろう。

「はい、すごくよく働いて頂いています」

晶子の声は明るかった。

「先ほど、お茶を持って来てくださった女性も使用人の方ですね」

亜澄は重ねて問うた。

装いからして、あの女性は家政婦だろうとは思われた。

「塩塚紀江《しおづかのりえ》さんと言いまして、お料理やお掃除をしてくださっています。紀江さんも二〇年くらい前から働いて頂いています。お二人はかつてゲストハウスだった二軒の家にそれぞれ住んでいるんですよ」

晶子は品よく笑った。

「七条さんは、お仕事をなさっていらっしゃるのですか」

なんの気ない調子で亜澄は訊いた。

「いいえ、引退してからは働いていません」

静かな調子で、晶子は答えた。

「それは……」

元哉は言葉を呑み込んだ。

晶子は引退してから六〇年を越える。二人を雇い、この家を維持するのに仮に年間三〇〇〇万円掛かるとしても、いままでに一八億円くらいの経費が掛かっていることになる。

「わたくしは引退したときに持っていた貯金で逗子市の土地を買ったんです。それが某大手不動産デベロッパーに買い上げられて一〇倍くらいの価格になりまして……ちょうど、高度経済成長の時期だったので運がよかったんです。そのときのお金でこの家を買いました。残りはずっと資産運用しています。こんな年寄りですし、暮らしてゆくお金はそれほど掛かりません。二人に働いてもらっても使い切れないほどなんです。ありがたいことです」

迷うようすもなく、晶子は答えた。

具体的な金額を晶子は挙げなかったが、どのくらいの資産があるのだろう。

まぁ、元哉にブルジョアの暮らしは理解できない。

「立ち入ったことを伺いました」

亜澄は頭を下げた。

「いえ、ぜんぜんかまわないです」

鷹揚な口調で晶子は答えた。

「話を戻しますね。関川洋介さんについて、ほかになにか思いあたることはありませんか。たとえば生前に大きなトラブルを抱えていたとか」

亜澄は畳みかけるように訊いた。

「何度も申しますが、引退後、わたくしは関川洋介さんにお目に掛かったことは一度もありません。お顔を見たのもお通夜の一度きりです」

晶子はきっぱりと言い切った。

「関川洋介さんの生前のことで、ほかに気づいていることはないですか」

しつこく亜澄は問いを重ねた。

「先ほど申しあげたほかにはなにもありません」

素っ気ない調子で晶子は答えた。

「宇都宮茉莉子さんをご存じですよね」

ふたたび亜澄は質問を変えた。

「ええ、知っています。ここの住所を何人かの方にお知らせしたのは、若宮大路の本屋さんで偶然に茉莉子さんに会ったからなんです。本当に人柄のいい子なので、現役時代には仲よくしていました。ずっと後輩でわたくしより一〇歳くらい年下だから、いまは八〇歳近いでしょう。顔立ちもとてもかわいい子でした。子リスちゃんなんて呼ばれていましたが、すっかりおばあさんね」

晶子はうふふと笑った。

「宇都宮さんの連絡先を教えて頂けますか」

亜澄はさりげなく頼んだ。

「逗子に住んでいるはずですけど、どこだったかしら」

手帳を開いて晶子が見せた連絡先を、亜澄は手帳に写し取った。

礼を言うと、亜澄は元哉の顔を見た。

元哉はあごを引いた。これ以上、晶子に質問しても意味はないだろう。

「今日は本当にありがとうございました。いきなり押しかけて申し訳ありませんでした」

亜澄は立ち上がって深々と頭を下げた。

元哉も頭を下げた。

「いいえ、お話しできて楽しかったです」

晶子も立ち上がって、ゆったりと微笑んだ。

元哉たちが退出すると、晶子は玄関まで見送ってくれた。

後から紀江も従いてきた。

いつの間にか宮崎が気まずい顔で現れて、晶子や紀江と一緒に身体を折った。

谷戸はすでに日陰に入っていた。

4

「七条さんについてどう思ったか？」

瑞泉寺の谷戸を大塔宮の方向へ歩きながら、元哉は亜澄に訊いた。

「話してることにウソは感じなかったな」

亜澄はまじめな顔で答えた。

「俺もそうだ。晶子さんはウソはついていないと思った。だけどな、関川洋介について教科書的な答えしか聞けなかった気がするんだ」

元哉は希薄な自分の直感を口にした。

「そうかな？」

亜澄はぼんやりとした口調で首を傾げた。

「なんというか、生々しさを感じないんだよな。関川洋介と何度も共演した映画上のパートナーだろう。それにしちゃ言葉に熱がないと思った」

元哉は感じたことを言葉にした。

「うーん、そうかもしれないね」

あまり気乗りのしない亜澄の声だった。

「まぁ、俺の直感なんてたいしたことないけどな」

亜澄は元哉の自嘲になにも言わなかった。

「宇都宮さんは逗子だったよね……」

次の聞き込み先として亜澄は宇都宮茉莉子を自宅に訪ねようというつもりらしい。

茉莉子は、逗子市の渚橋の近くに建つマンションに住んでいる。

亜澄が電話を入れると、茉莉子は会ってくれるという。

「午後六時に来てって。このまま鎌倉を通り越して逗子まで行こう」

電話を切った亜澄は元気よく言った。

二人は逗子まで横須賀線で行って、葉山行きのバスで現地に向かった。

逗子駅から田越川《たごえがわ》沿いに進んでバスを降りると、いきなり潮風が身体を駆け抜けた。

目の前に素晴らしいオレンジ色のグラデーションに染まった空がひろがっている。

「すげえな」

夕空に浮かび上がった濃いグレーの富士山の姿に元哉は息を呑んだ。

「逗子海岸って真西に向いてるから夕方はきれいだよね」

亜澄も夕景に見とれている。

手前の左には葉山マリーナ、右手には江の島が黒いシルエットとして浮かんでいる。

落日は富士のやや右手の空にあった。

背後を振り返ると、斜面に夕陽を浴びた白い大きなマンションが見えた。

エントランスはリゾートホテルのロビーのようで、内廊下式の豪華なマンションだ。

エレベーターで一〇階に上がると、カーペットの敷き詰められた廊下を奥へ進む。

宇都宮茉莉子の部屋は廊下の中心あたりにあった。

呼び鈴を鳴らすと、派手なメイクの七〇歳くらいの女性がドアの向こうから現れた。

ネイビーのシルクらしきふわっとしたワンピースが揺れた。

胸もとには大粒のパールのネックレスが輝いている。

しわは目立つが顔立ちは整っている。

容姿に華やかさが残り、ふつうの老人の雰囲気とはかけ離れている。この女性が宇都宮茉莉子に相違ない。

「あら、いい男」

女性は元哉の顔を見て叫んだ。

「神奈川県警捜査一課の吉川と申します」

元哉は面食らいつつ頭を下げた。

「宇都宮茉莉子です。よろしくね」

茉莉子はしなを作って名乗った。やはり茉莉子本人だった。

もちろん、晶子が言っていた子リスちゃんのイメージはどこにもない。

「テレビで知ってるわ。捜査一課ってエリート刑事さんなんでしょ？」

興味深げに茉莉子は訊いた。

「いやいや、そんなこともないです」

元哉は謙遜して答えた。

いちおう優秀な刑事でなければ、捜査一課には配属されない。

「こんにちは。鎌倉署の小笠原です」

無視されている亜澄は声を張った。

「エリート刑事さんだから、かわいいお嬢さんがお供なのね？」

二人の顔を交互に見ながら、納得したように茉莉子はうなずいた。

「いや、お供というわけでは……」

とまどい気味な声で、元哉は答えた。

「わたしがリーダーなんです」

横から亜澄がいささか強い声で主張した。

リーダーという言葉がふさわしいかはわからないが、亜澄は巡査部長で元哉よりは立場が上であることに違いない。いわゆるデカチョウなのだ。

「あら、お嬢さんのほうが先輩なの？」

茉莉子は首を傾げた。

「そうなんです。歳はわたしのほうが下なんですけど」

亜澄は得意げに鼻をうごめかした。

元哉は内心で舌打ちしたが、事実だから仕方ない。

「あらあら、そうなの。女権時代だわねぇ」

感嘆したように茉莉子は言った。

本郷監督も口にしていたが、なんだか古くさい言葉だ。

「いえ……警察はまだまだ男性中心の組織ですから」

まじめな顔で亜澄は言った。

「それじゃあ、あなたも苦労するでしょうね」

同情するような茉莉子の口調だった。

「わたしはよい後輩に恵まれてますから」

元哉の顔を見て亜澄は言った。

「年功序列じゃなくて実力主義の世界なのねぇ。うちの業界ほどではないでしょうけど」

おもしろそうに茉莉子は言った。

「実力主義の部分もあるんですよ」

鼻をうごめかして亜澄は答えた。

たしかに昇任試験に合格しなければ巡査部長になることはできない。

一生、巡査部長に上がれずに退職する警察官も少なくはない。

少し前の数字だが、神奈川県警の巡査部長昇任試験の合格率は九・九パーセント、倍率は一〇・一倍だ。実際に元哉は亜澄が合格した試験で落ちた。警察組織が年功序列であるとは言い切れない。

一方で、キャリアは採用後すぐに警部補となり、採用七年目で警視に昇任する。

キャリア採用だとすれば、元哉も亜澄も警視になる年齢だ。本部管理官になっていてもおかしくはない。

「まぁ、とにかくなかへどうぞ」

茉莉子は笑顔で元哉たちを招じ入れた。

「失礼します」

「お邪魔します」

元哉たちが案内されたのは、広いリビングルームだった。

いままで訪ねた屋敷とは違って、家具も少なくさっぱりとした室内だった。

だが、フロアスタンドもソファも壁際のサイドボードも一流のデザイナーによる家具のように思われた。

元哉にはよくわからないが、金魚鉢に似た吹きガラスみたいな樹脂が複雑に組み合わさったフロアスタンドは、イギリスの有名デザイナーのものだったように思う。

この照明器具ひとつとっても圧倒的な存在感だ。

大きくとられた一枚ガラスの窓の外には赤く染まった水平線が延びている。

「そこに掛けて」

茉莉子は白レザーの大きなソファを指さした。

端が尖った変わったかたちで、きっと有名デザイナーの手になるものだろう。

元哉たちは三人掛けのソファに腰を下ろした。

「あのね、いまお手伝いの子が買い物に行ってるんで、お茶が出せないのよ。ガマンしてね」

向かいに座った茉莉子は顔の前で手を合わせた。

「どうぞお気遣いなく」

亜澄は明るい声で答えた。

「あたしも逗子に引っ込んでからはアキちゃんって子だけを雇ってるの。それも通いなのよ。このマンションじゃ、あたし一人でも狭いくらいだから」

はにかむように茉莉子は言った。

この部屋が狭いだって？

元哉には理解しかねる感覚だった。

「以前は、たくさんの人を雇ってらっしゃったのですか」

亜澄はなんの気ない調子で訊いた。

「三人いたわ。でもね七〇歳になったときに、世田谷の家と家財道具を処分したの。で、使用人もみんな辞めてもらって……逗子に引っ越してからはアキちゃんが身の回りのことを見てくれるから。お夕飯はほとんど外食ね。すぐ近くに何軒か飲食店さんがあるから」

気楽な調子で茉莉子は答えた。

「シンプルな生活なんですね」

愛想よく亜澄は言った。

「そう、すべてをシンプルにしたの。終活よ。あたしだってあと一〇年生きられるかどうかわかんないでしょ」

本気かどうなのか、まじめな顔で茉莉子は言った。

亜澄は返事に困っているようだった。

「今日は何のお尋ねかしら。もう時効だと思うけど」

茉莉子は奇妙なことを口にした。

「どういうことでしょうか」

亜澄は首を傾げた。

「四〇年以上前なら、あたしに騙されたって訴えてくる男がいたかもしれないけど。騙すつもりはなかったのよ」

平らかな表情で茉莉子は続けた。

「なんのお話でしょうか」

ぽかんとした顔つきで亜澄は訊いた。

「あたし結婚したげるなんて、どの男にも言ったことないのよ。だけど、勘違いして高価なプレゼントを次々に贈ってくれたりして……ね、騙す意思なんてなかったんだから、詐欺罪とかにはならないはずよ。どっちにしても、さすがにもう時効よね」

いたずらっぽい顔で茉莉子は笑った。

「はぁ……」

亜澄は絶句した。

なかなか疲れる相手だ。よく言えばお茶目で明るくかわいいお婆ちゃんだ。

「あの……わたしたちは四月一〇日に鎌倉市の関川洋介記念館で起きた赤尾冬彦さん殺害事件の捜査でお邪魔しています」

あらたまった声で亜澄は告げた。

「怖いわねぇ。赤尾さんってあの作家さんでしょ。まさか殺されるなんてねぇ。なにが原因かしらねぇ」

茉莉子はぶるっと身を震わせた。

「赤尾冬彦さんをご存じなのですね」

亜澄は念を押すように訊いた。

「一度だけ、その下の喫茶店で話を聞かれたことがあるのよ。小一時間かしらね。コーヒー二杯飲んだから。関川洋介さんについての話よ。あの人、伝記書いてたんでしょ。でも、あたし、事件とは関係ないわよ」

茉莉子は少しだけ緊張したようすで答えた。

「ご安心ください」

亜澄は満面に笑みをたたえて言葉を継いだ。

「宇都宮さんが事件と関係があるとは考えていませんから」

「それならいいけど。あたしは会ったことがあるだけだからね」

言い訳するように茉莉子は言った。

もちろん、元哉たちは、茉莉子が被疑者の可能性はまったくないと考えていた。

「心配しないでください。わたしたちは被疑者のところに話を訊きに行くときは、アポなんて取りませんから。いきなり訪ねます」

笑いながら亜澄は答えた。

「それならいいんだけれど」

茉莉子はホッとしたような顔つきで言った。

「宇都宮さんは関川洋介さんとは親しかったんですか」

亜澄の問いに茉莉子はまじめな顔になった。

「あたしねぇ、洋介さんと共演したときにはまだ一〇代よ。一六歳とか一七歳の頃から数年よ。かわいがってもらったけど、そういう関係とは縁遠かった。あたしは憧れてたんだけどね。でも、なんて言うか、洋介さんからは子ども扱いよ。親子みたいに年が離れてたからね。洋介さんが五〇歳で亡くなったときは、あたしは二九だった。あたし大泣きしたのよ。三日くらいご飯も食べられなかった。でも、やっぱりお父さんを亡くしたみたいな気持ちだったわね」

しんみりした声で茉莉子は語った。

「なるほど、元カノというわけではないのですね」

亜澄はあえてくだけた言葉で訊いた。

「じょ、冗談じゃないわよ」

真剣な表情で茉莉子は顔の前で手を振った。

「だいたい洋介さんは紳士なのよ。若い女に目尻を下げたりすることはなかったんだから。それにね、女優とかはあんまり相手にしなかったと思うわ。浮名を立てた女優の名前も聞いたことない。うちの業界じゃ珍しいわよね。亡くなった最初の奥さまだって深窓のご令嬢で、お歳もひとつ下くらいだったと思う。洋介さんは奥さま孝行で、ロケ先でもお土産を選んでたの覚えてるわ。『潮の道』のロケで伊勢志摩に行ったときも高価な真珠のネックレスを選んでた。もちろん奥さまへのプレゼントよ。あの人にとっては奥さま以外の女は目に入ってなかったと思うのよ。悔しがってた女優もたくさん知ってるわよ。でも、誰にもなびかなかった。身持ちが堅くて賢い人なのよ。そんなスキャンダルは俳優にとってなんにもプラスにならないからね」

はっきりとした声で茉莉子は言った。

「よくわかりました。ところで、当時、関川洋介さんに世間には出ていない秘密とか、洋介さんを恨んでいるような人はご存じありませんか」

亜澄は茉莉子の目を見つめつつ訊いた。

「ねぇ、死んだのは赤尾さんでしょ。なんでそんなこと訊くの？」

不思議そうに茉莉子は訊いた。

「いえ、関川洋介さんが過去に残したなにかの問題点が、いまになって再燃している可能性はゼロではないと思っているのです」

真剣な顔つきで亜澄は告げた。

だが、まだ亜澄の勘の段階から進展していないことは言うまでもない。

「あたしは知らないわねぇ。いくら聖人君子の洋介さんだって、他人からは嫉妬も恨みも買ったことはあると思う。でもね、あれから五〇年も経つのよ。いままで続く恨みつらみなんて考えられないでしょ」

茉莉子は考え深げに答えた。

「なるほど……質問は変わりますが、七条晶子さんとお親しいのですよね」

亜澄は気楽な調子で訊いた。

「ああ、晶子さんから、ここを聞いてきたのね」

茉莉子は納得したように言った。

「ええ、宇都宮さんが七条さんと偶然に会って、限られた人に鎌倉市内の連絡先をお伝え頂いたと聞きました」

「そう、あたし、友だちの家の帰りに、鎌倉の本屋さんで偶然に晶子さんと会ったのよ。谷戸の奥に隠棲していた伝説の美女を捕獲しちゃったの」

おもしろそうに茉莉子は笑った。

「七条さんは宇都宮さんを信頼しているんですね」

亜澄の言葉に、茉莉子は大きくうなずいた。

「あたし、晶子さんにもすごくかわいがって頂いていたの。一年か二年の短い間だったけどね。まだ高校通いながら本篇に出てた頃。晶子さん、すごく素敵なお姉さまだったのよ。でも、引退なさったときからずっとお会いしてなかったから、あのときは本当にラッキーだったわ。鶴岡八幡宮さまのお引き合わせかもね」

明るい声で茉莉子は答えた。

「関川洋介さんと七条晶子さんは親しい間柄だったんですか」

「そうよ、何本共演したかしらね……七、八本じゃないかしら。あたしも二本一緒に出てるのよ。『エニシダの花』と『春恋岬』という恋愛もの。エニシダじゃ洋介さんの娘役、春恋のときは村の娘……両方とも楽しい本篇だったわぁ。エニシダの伊豆ロケのときなんて、あたし誕生日だったから、洋介さんがわざわざ赤坂からあたしの好きなケーキを取り寄せてくれて……それも自分の持ち船に運ばせてくれたのよ。春恋のときも一緒にニセコでスキーして遊んだりしたっけ」

若々しい笑顔で茉莉子は言った。

両目がキラキラと輝いていて、声まで若返ったように感ずる。

「ほかに七条晶子さんと関川洋介さんのことでなにか思い出しませんか」

亜澄は茉莉子の顔をじっと見て尋ねた。

「そうねぇ……」

かるく腕を組んで、茉莉子は天井に目をやって考え込んだ。

「思い出したわ。晶子さんがとつぜん業界を引退したときに……そうよ『竹寺の雪』公開の後よ。晶子さん、本当にとつぜん姿をくらましちゃったじゃない。洋介さん、ひどく落ち込んでたって話ね。ずーっと、むすっと黙り込んじゃって、誰かが声かけてもほとんど無視してたってことよ。あたし自身はまだデビューしたての頃だし、直接には知らない話。だから、不機嫌時代の洋介さんは見たことないけどね」

思い出したように茉莉子は語った。

問題の『竹寺の雪』が話に出た。

「お二人が恋愛関係にあったということはないんですか」

亜澄は茉莉子の顔を覗き込むようにして訊いた。

「ないと思う。さっきも言ったけど、洋介さんって、奥さま以外に興味なかったのよ。だから、晶子さんは、やっぱり本篇上のベストパートナーだったんでしょう。そんな女優がいきなり消えちゃったら、そりゃあ落ち込むわよね」

茉莉子は同意を求めるように、亜澄の顔を見た。

「たしかにそうですよね」

素直にうなずいて亜澄は言葉を続けた。

「亡くなった赤尾さんは最後に関川洋介記念館で『竹寺の雪』を観ていたんです。わたしたちはあの映画も事件に関係しているかもしれないと思っています」

「そうねぇ……『竹寺の雪』は印象的な映画だったわね。晶子さんが相手役で引退作だったことは覚えてるけどねぇ。特別なことはないわよ」

茉莉子は首を傾げた。

「引退なさってからの、七条さんのことはなにかご存じですか？」

「知らないわよ。引退してから一度しか会ってないもの。鎌倉の本屋さんで偶然に会っただけ。それから連絡先を関川さんとかに伝えただけよ」

ちょっといらだったように茉莉子は答えた。

「ほかに関川洋介さんのことでなにか想い出はありませんか」

質問を変えて亜澄は茉莉子の顔を見た。

「想い出ねぇ」

天井に目をやって茉莉子は考えていた。

「待って……男女関係の話って言えば、ひとつだけ思い出した」

茉莉子は両手をポンと打った。

「なにかありましたか」

亜澄は身を乗り出した。

「洋介さん、最初の奥さまの真智子さんが病気で死んじゃった後で、しばらく長女の由布子さんを抱えたまま男やもめだったのよ。それで、共演した屋代早織さんって若い女優さん、と言ってもあたしよりは三つくらい歳上だったけどね。その早織さんと結婚したの。だから、結婚したときは彼女はまだ二五、六歳だった。けっこう離れてるわよね。早織さんは女優を引退した。で、次女の恵衣子ちゃんが生まれたわけだけどね……」

両手の指をあごのところで組んで茉莉子は説明した。

この話はすでに本郷監督から聞いていた。

「恵智花さんのお母さんの話は伺っています」

茉莉子は顔の前で手を振った。

「それがねぇ、ちょっとした話があるのよ」

亜澄の顔を見ながら、茉莉子は気を引くように言った。

「どんな話なんですか」

気ぜわしく亜澄は訊いた。

「実はその頃ね。屋代早織さんは若い脚本家と恋仲にあったのよ。山科勝雄《やましなかつお》さんって大学出たてで芙蓉映画に採用されていた人。ところが、結果として、早織さんは山科さんを袖にして洋介さんを選んだのよ」

おもしろそうに茉莉子は言った。

「恋敵だったわけですね」

興味深げに亜澄は相づちを打った。

「そうよ、だから早織さんを取られたときには、山科さんは洋介さんのことを恨んだかもしれない。この話はほんのわずかな人しか知らないんだけどね。あたしも山科さんのホンの本篇に出たことあるから……」

もったいぶって茉莉子は笑った。

「それで、山科勝雄さんはそれからどうしたんですか」

熱っぽい調子で亜澄は訊いた。

「活躍したわよ。本篇が斜陽化した一九七〇年代くらいからテレビ業界をメインの活躍の場としていたけど……あたしもよく知らないんだけど、七、八〇年代には二時間ミステリーなんかのホンを相当たくさん書いてたみたい。まぁ、売れっ子ね。ちゃんと結婚してるし、お子さんも二人くらいいたと思う。まぁ、たくさんいた脚本家のなかでは間違いなく成功者ね」

微笑みを浮かべて茉莉子は答えた。

けっして関川洋介を恨んで、落ちぶれたというような話ではなさそうだ。

だが、何の手がかりもないに等しい元哉たちにとっては無視しにくい話だった。

「いまはどうなさっているのでしょう」

期待を込めて亜澄は訊いた。

「もうお歳だからね。ここしばらくは仕事してないと思う。あたしが隠居してるくらいだものね」

「ご存命なんですか」

「死んだって話は聞かないわねぇ。亡くなったらテレビのニュースで出るでしょうし」

他人事《ひとごと》のように茉莉子は言った。

「どちらにお住まいかわかりますか」

「えーと、年賀状は交換してるわ。お世話になったことはあるから。今年も来てたから、お正月は生きてたってことよね。あたしね、むかしからのお友だちにはいまだに年賀状出してるの。年賀状じまいしますなんて人も増えてきたけど、あたしは出しているのよ。『今年もよろしく』のひと言しか書けないけど」

茉莉子はにこっと笑った。

「あとで連絡先を教えてください」

「ええ、たしか、藤沢の辻堂あたりに住んでいたと思うけど」

唇の横に右手の人さし指を当てて茉莉子は答えた。

「よろしくお願いします」

亜澄はかるく頭を下げた。

「それでね……その死んじゃった人。赤尾さんって作家さんね。一度、話を聞きに来たっていったでしょ」

脈絡なく急に茉莉子は赤尾の話を口にした。

「はい、そう仰ってました」

亜澄の声が高くなった。

「思い出したんだけど、あなたと同じように洋介さんの女性関係をしつこく訊いてたわよ」

亜澄の目を見ながら茉莉子は言った。

「なにか特別なことを話しましたか」

熱のこもった亜澄の声が響いた。

「さっき話した通りよ。洋介さんは聖人君子ってこと」

茉莉子はうふふと笑った。

「それだけですか」

がっかりしたように亜澄は答えた。

「ええ、それだけ」

さらっと茉莉子は答えた。

赤尾は単にネタとして興味があっただけなのかもしれない。

あまり意味がある情報とも思えなかった。

亜澄の顔にも落胆の色が窺える。

元哉たちは茉莉子に山科勝雄の連絡先を聞いて辞去した。

建物の外へ出るとすでに逗子海岸は蒼い宵闇に包まれていた。

「山科勝雄さんに会ってみたいね」

亜澄は元哉の顔を見て言った。

「ああ、でも八時には鎌倉署に戻らなきゃな」

今夜も進展のなさそうな捜査会議が入っている。

マンションの入口付近の路上で亜澄はスマホを取り出した。

「わたくし、神奈川県警の小笠原と申します……」

電話を切ると、亜澄は冴えない顔になった。

「残念、山科さんいなくて、お手伝いさんが出た」

「じゃあ、会えないのか？」

元哉は不機嫌な声で訊いた。

「茅ヶ崎の旅館に滞在してるんだって、携帯に掛けてみるね」

亜澄はスマホを構え直した。
相手はすぐに出たようで、通話は短く終わった。
「ＯＫ！　明日の一〇時に旅館で会ってくれるって」
弾んだ声で亜澄は言った。
「よし、明日は茅ヶ崎だな」
とりあえず明日の午前中の予定がはっきりしたことが救いだった。
いままでの元哉たちの聞き込みにはなんの成果も出ていないと言っていい。
明日こそなにかがつかめるのかもしれない。
「うん、今夜はとりあえず小町通りで夕飯食べていこう」
亜澄は上機嫌の声で言った。
横須賀線で鎌倉に戻り、二人は小町通りを歩き始めた。
小町通りは、いつの間に修学旅行生が好むようなところになってしまったのだろう。
若いカップルや女性のグループ、外国人の集団は陽が落ちても賑やかだ。
訪れる人々も、迎える人々も雑然としている。
少し前は、観光地と言ってもこれほど浮ついた雰囲気ではなかった。
小町通り沿いのカレーライス専門カフェで夕食にしようと亜澄はウキウキしていた。
だが、店の外まで行列ができていたのであきらめざるを得なかった。

仕方がないので、駅近くの若宮大路沿いのラーメン屋でささっと食事を済ませた。元哉たちは鎌倉署を目指して海の方向へと歩き出した。

第三章　確信犯

1

鎌倉と茅ヶ崎は、ＪＲ横須賀線と東海道線を大船駅で乗り換えて三〇分ほどだ。

元哉たちは九時半には茅ケ崎駅のホームに降り立った。

下り電車がサザンオールスターズの『希望の轍《わだち》』のサビの発車メロディーに見送られて、平塚へ向けてホームを出て行った。

次の駅が元哉の生まれ育った平塚なので、茅ヶ崎はさんざん電車では通ったことがある。

だが、自分にとってはただ通り過ぎるだけの街に過ぎない。

考えてみれば、茅ヶ崎はどうしてこんなに人気が出たのだろうか。

元哉が子どもの頃は、いまほどの勢いが茅ヶ崎にあったとは思えない。平塚の銀座通り商店街のような大商店街もなく、梅屋百貨店のようなデパートも存在していない。元哉からすれば、茅ヶ崎は浜降祭があるだけの田舎だ。

平塚には日本三大七夕のひとつである、湘南ひらつか七夕まつりがある。

加山雄三《かやまゆうぞう》やサザンオールスターズの活躍が全国的な知名度を上げたのだろうか。

だが、いまや元哉の祖父母がやっていた吉川紙店や、亜澄の父親が経営する呉服店のある銀座通り、あらためスターモール商店街は衰退の一途を辿り、梅屋百貨店は閉店した。七夕もぐっと集客数が減ったと聞いている。

人口は横ばいらしいが、平塚はただのベッドタウン化しているということだろうか。

「寝不足？」

亜澄がまじめな顔で訊いた。

それほどぼんやりした顔をしていただろうか。

「いや、昨日は久しぶりに家に帰れたんだ。よく寝たよ」

元哉は素直に答えた。

捜査本部の泊まり込みは、以前ほど厳しくはなくなっている。

亜澄は女性だし、鎌倉住まいなので自宅で寝ている。

「寝過ぎか……あのね、山科さんが滞在しているのは《茅ヶ崎館》って旅館なんだ。ここから歩いて一キロちょっとだから、すぐだね。その間に起きるんだよ」

刑事は誰しも健脚ぞろいだ。五キロ、一〇キロだってなんのことはない距離だ。一キロなんてあっという間に着いてしまう。

小うるさい亜澄のトゲのある言葉は無視することにした。

「へぇ、旅館に泊まり込みなんて贅沢だな」

警察署の武道場での雑魚寝とはえらい違いだ。

ただし、捜査本部では宿泊料はとられない。とられたら大変だ。

南口を出てささやかな商店街を抜ける。

戦災で焼けて、幅広い道路を整備した平塚とは違って細い道がくねくねと続いている。

茅ヶ崎小学校の前を通る道はそれほど個性的とも思えないが、なんと《サザン通り》という道標があった。

ほかの看板には道の行く先が《サザンビーチちがさき》と記してある。

やはり茅ヶ崎はサザンの街なのか……。

さらに南へ進むと、マンションと戸建ての民家が並ぶ住宅街となった。

「ここだな」

さっきから、スマホのマップとにらめっこしながら歩いていた亜澄が立ち止まった。

左手にサーフショップのあるところで右に曲がり、住宅地のなかのさらに細い道を歩いていく。

きわめて高級というわけではないが、さっぱりとしていて明るい素敵な住宅地の雰囲気だ。だが、この奥に旅館があるとはとうてい思えない。

右手にちょっとした林に囲まれた古い建物が見えてきた。

「あれだよ」

振り向きもせずに、亜澄は建物に向かって歩き始めた。

沢瀉紋《おもだかもん》の染め抜かれた白いのれんを潜って、元哉たちは《茅ヶ崎館》に足を踏み入れた。

玄関の左手には、レトロな雰囲気のサロンが設けられていた。室内には古い映画のポスターがたくさん貼ってある。

館内はとても静かで、時間を経た建物と相まってのどやかなたたずまいを保っている。

「おはようございますー」

亜澄は声を張った。

「いらっしゃいませ。県警の方ですか？」

姿を現した若い男性従業員が愛想よく出迎えてくれた。

連絡してあったのでスムーズだった。

案内されたのは、中二階の八畳間だった。

「失礼します。お客さまをご案内いたしました」

従業員が室内に声を掛けた。

「どうぞ」

意外にも若々しい声が返ってきた。

ふすまが開くと、八畳の角部屋で庭の緑がよく見えている。

南の窓からはさわやかな風が吹いている。

海に向いているからだろう。かすかに潮の香りが漂っている。

白いカーディガン姿のひとりの老人が、窓際の広縁に置かれた椅子に座って書き物をしていた。

「おはよう」

振り返った老人は立ち上がって、元哉たちににこやかに声を掛けた。

「おはようございます」

元哉と亜澄は元気よくあいさつした。

部屋の中央には座卓と座布団が置かれていた。

「山科です。ま、そこに座って」

元哉と亜澄が座布団に座ると、従業員は戻っていった。

「神奈川県警の小笠原です」

「同じく吉川です」

向かいに座った老人に亜澄と元哉はていねいに頭を下げた。

あごに白髭を蓄えて、いかにも好々爺《こうこうや》という雰囲気が漂う。

やさしく明るい目と機嫌がよさそうな口もとが特徴的だ。

「刑事さんかぁ。いや、僕もね、ずいぶん刑事ドラマ書いたよ。木曜ドラマの『特命捜査隊・白鷹』って知らない？」

山科はいきなりテレビ番組の話を訊いてきた。

「はぁ、特命捜査隊……ですか」

とまどいの顔で亜澄は答えた。

「むかしのドラマだからね。さくらテレビの『終局捜査班』は？　本多哲平《ほんだてっぺい》がキャップやってたヤツ……。一九九七年のヒット作だよ」

ウキウキした口調で山科は訊いた。

「すみません。わたし、いわゆる『ゆとり世代』のまん中なんです」

亜澄は肩をすぼめた。

だいたい現在の二〇歳くらいから三〇代なかばくらいが『ゆとり世代』と呼ばれる。

元哉も亜澄もまん中だ。

「そうかぁ、世代が違うかねぇ」

がっかりしたように山科は言った。

「申し訳ないです」

亜澄は頭を下げた。

「いやいや何百本ってホンを書いてきたから。そうねぇ、最後に書いたのは二〇〇八年の『この春に別れよう』だねぇ。まぁ、青春ものだよ。あのときは沢村《さわむら》ゆうこちゃんがバシッとハマってくれた。僕は六六歳だったけどねぇ」

なつかしそうに山科は天井に目をやった。

亜澄は目をぱちくりと瞬かせた。

元哉はそのドラマを知らないが、亜澄も同様らしい。

「あの……先生はどうしてこの《茅ヶ崎館》にご滞在なんですか？」

あわてて亜澄は質問を始めた。

「リスペクトさ。偉大な先輩たちへのね」

わずかに頰を染めて山科は言った。

「先輩……ですか」

ポカンとした顔で亜澄は訊いた。

「かの小津安二郎監督や新藤兼人《しんどうかねと》監督がこの宿で仕事をした。とくに小津監督は一〇年間にわたって『晩春』『麦秋』『東京物語』『早春』などたくさんの名作のホンを、仲間の脚本家とこの部屋で書き上げた。この部屋は小津監督が滞在した部屋なんだよ」

山科が挙げた映画のタイトルのいくつかは、本郷監督も口にしていた。

「そうだったんですか」

亜澄は納得したようにうなずいた。

「最近だとね。是枝裕和《これえだひろかず》監督もこの宿なら原稿が書けると言って、ホンを書くために滞在したんだ。二〇〇七年頃からだそうだ」

意外にも、山科は最近の話を知っていた。と言ってもけっこう前だが。

「カンヌ国際映画祭で最高賞のパルム・ドールを獲得した『万引き家族』の監督ですね」

明るい声で亜澄は言った。

「そのホンもここで書いたそうだ。なにかで読んだだけだけどね」

山科は大きくうなずいた。

「この宿のいくつかの施設は国の登録有形文化財に指定されている。建物がいいのか、環境がいいのか、宿の人の力か……この宿は古くから多くの監督や脚本家に愛されている。僕はいままで仕事では使ったことはなかった。だけどね、いま自分史を書いてるんだ。できればどこかの版元さんに持ち込んで書籍にできないかと思ってね」

恥ずかしそうに山科は言った。

「いいですね。ぜひ書籍化してください」

亜澄は弾んだ声を出した。

「夕飯には小津安二郎監督が好んだというすき焼きを食べている。最後にカレー粉を入れるのが小津安二郎風だそうだ。あなたたちも一度泊まって食べるといい。なんなら次の婚前旅行にどうだい？」

口もとに笑みを浮かべて山科は言った。

元哉と亜澄は顔を見合わせた。

「あの、わたしたちはそういう関係では」

冗談ではない。はっきりと元哉は否定した。

それにしても古めかしい言葉だ。

「まぁ、照れなくてもいいよ」

はははと山科は笑った。

「先生は赤尾冬彦さんというノンフィクション作家をご存じですか」

焦ったように亜澄は本題に入った。

「赤尾？　聞いたことがない人だよ」

山科は不思議そうに口を尖らせた。

「先月の一〇日に、鎌倉の関川洋介記念館で殺害された作家さんです」

亜澄の言葉に、山科は合点がいったというようにうなずいた。

「ああ、新聞で見た。関川洋介さんの伝記書いてた人だってね」

赤尾は山科を訪ねてはいないらしい。

山科と関川洋介との関係は知らなかったのだろう。

「わたしたちはあの事件の捜査をしております」

山科の目を見つめて亜澄ははっきりと言った。

「ご苦労さん、で……なんの用事で来たの？」

首を傾げて山科は訊いた。

「今回の事件は、関川洋介氏の歴史に関わりのある可能性もあり得ると、わたしたちは考えております。山科先生は生前の関川洋介氏と深い関わりをお持ちだと聞いています」

亜澄は慎重に言葉を選んで質問した。

「なんだ？　関川さんが亡くなってから、もう五〇年も経つだろう。いまさら僕になにを訊くんだい？」

驚いたように山科は亜澄の顔を見た。

「先生と関川洋介氏の間にあった歴史についてです」

またも遠慮深く亜澄は訊いた。

「まわりくどいねぇ。僕が屋代早織を関川さんに取られた話を聞きに来たんだろう。誰から聞いたんだ？」

山科の声は本気で腹を立てているようには聞こえなかった。

「宇都宮茉莉子さんです」

亜澄の言葉に山科は舌打ちした。

「あのおしゃべりめ……そうだよ。僕は早織を関川洋介に取られたんだよ」

開き直ったように山科は答えた。

「やっぱり噂は真実だったのですね」

山科の目を見つめて亜澄はやわらかい声で訊いた。

「そう、早織は僕が日大芸術学部の学生で、芙蓉映画に撮影部のバイトで入った頃に知り合った。その頃は四番助手だったんでそりゃあこき使われたよ。映像ケーブルの配線したりさ。監督モニターの移動も仕事だ。その頃は映画監督になる夢を持ってたからね。で、あるとき機材に挟まれて両方の肩先にいくつも擦り傷作っちゃってさ。ヒリヒリ痛くてさ、いろいろ情けなくなって、機材の裏に座って涙ぐんでたんだ。そしたら、早織がオロナイン貸してくれてさ。『わたしもたまに本番で怪我しちゃうんです』って……それで感激してさ。あっちも一八歳の駆け出しだった。スレてなくてね。いい子だったよ。でね、何日かしてから、近くの茶店《さてん》でコーヒーをお礼して……青春だよなぁ」

声を立てて山科は笑った。

まったく屈託のない笑いは長い歳月を物語っていた。

「当時は関川洋介さんのことを恨んでいましたか」

亜澄は大胆にもダイレクトな質問をした。

「恨み？　恨みっていうより落ち込みだよ。僕たちはたしかに愛し合ってた。それも七年間だよ。いいかい？　七年間お互いを信じていたんだよ。僕は大学卒業と同時に芙蓉映画の脚本部に採用されてね。少しずつ仕事をまわしてもらえるようになった。二人は一緒には暮らせない。なんせ下っ端とは言え、彼女は女優だ。こっそり暇を見つけて会うしかなかった。僕がまともに映画の脚本をまかせられたら結婚しようと言って、本篇『秋雨《しゅうう》』の脚本まかされたのよ。芙蓉映画の秋の娯楽大作だよ。身を削って書いた。でも、早織も出演したから、『秋雨』が封切られた次の春くらいにって約束してた。ところがね、この映画の主役俳優の音楽家役は誰だったと思う？」

山科はおもしろそうに亜澄の顔を見た。

「さぁ……」

答えが予想できたが、亜澄もとぼけた。

「関川洋介だよ。早織はヒロインの屋敷に仕えるお手伝いの役……一九六八年の公開さ。この映画で関川洋介と早織は仲よくなったんだ」

ちょっとしんみりした調子で山科は言った。

「苦しかったですね……」

遠慮深げに亜澄は言った。

「だけど、光り輝く大俳優の前には一介の駆け出し脚本家なんてカスみたいなもんだからね。おまけに早織はあえて子持ちの男に後妻で嫁いだんだよ。悔しかったな。僕はその頃は早織しか女を知らなかったのに……。死にたいくらい落ち込んだ。いや、本当に死のうとした。ある晩に熱海の錦ヶ浦《にしきがうら》まで行って飛び込もうかとウロウロしたんだ。でも、波の音が怖くて死ねなかった。しばらくすると、関川なんかに負けない大物になってやるぞってこころに誓った。僕には役者の才能はない。だけど、それからはホンを書きまくる人生だよ。いつの間にか関川洋介は死に、早織も死んでしまった。やってきた仕事を自慢したくても二人ともこの世にはもういない。その意味では淋しいよ」

本当に淋しそうに山科は眉根を寄せた。

短い沈黙が漂った。

「早織さんのお子さんである恵衣子さんは亡くなっていて、現在その娘さんである恵智花さんが、関川記念館を預かっていますね」

返事に窮したのか、亜澄は話題を変えた。

「へぇ、早織の孫が……」

驚いたように、山科は目を見開いた。

「はい、二一歳の美大生でとても優秀なお嬢さんです。本当は恵衣子さんの腹違いの姉、関川由布子さんが代表者なのですが、ご病気で入院中なので……」

亜澄は言葉を途切れさせた。

「ああ、早織の前の奥さん、真智子さんの娘さんだね。偶然だけど、僕は由布子さんが出た映画やドラマの本を書いたことはないんだ。そうだ。一度だけ関川洋介に早織について言われたことがある」

山科はパチンと指を鳴らした。

「本当ですか」

亜澄は身を乗り出した。

「洋介が死ぬ直前に芙蓉映画のスタジオで偶然会ってね。『君のおかげで一八歳のこころを保ったままの早織と出会えたよ』って言われたんだ。要するに早織は一〇代の娘のように純情可憐だと言いたかったのだろう。また、早織が関川洋介に僕の話をしていたこともわかった。相手は大物俳優だし、さすがになんと答えていいかわからなくてね。ただただ、肩すぼめて頭下げてたよ」

山科は頭を掻いた。

返事できないのか、亜澄はうなずいているばかりだった。

「苦しくてつらかった……だけど、そんなときに慰めてくれたのは七条晶子だよ」

なんの気なく山科は七条晶子の名前を口にした。

「七条晶子！」

亜澄は叫び声を上げた。

「そう、幻の大女優の七条晶子さんさ」

山科はうなずいた。

「詳しく話してください」

「いまだから話せる。誤解を招くとまずいから、いままでは誰にも話していなかった。でも、七条晶子はもう八八歳だ。僕も八〇を超えた。こんな年寄りの話だからもういいだろう」

山科は、照れたように笑った。

「ぜひ、ぜひっ」

亜澄は気負って身を乗り出した。

「最初に言っておくけど、僕と晶子さんは変な関係じゃないよ。晶子さんは七歳も年上なんだけど、僕は彼女の大ファンだったんだ。知り合ったのは現場さ。あの人はね、僕のような下っ端なんかにも本当にやさしかった。苦しいときにはいつも励まして飯も奢ってくれた。一緒に泣いてくれた。本気でね」

山科はうっとりと言って言葉を継いだ。

「彼女が引退する直前だよ。『竹寺の雪』の公開直後、一九六一年に晶子さんが引退したときに、僕はもうひとりの男と二人で彼女の荷物なんかをこっそり運び出す手伝いをした。クルマの運転も僕がした。彼女はいまは鎌倉に住んでるけど、一時期は静岡県の稲取ってとこに隠れ住んでいた。さまざまな手続きも手伝った。で、それからしばらく彼女は独り暮らしだった。晶子さんが鎌倉に家を買ってしばらくしてから連絡をもらってね。ずっとつきあいは続いたんだよ」

静かな声で山科はとんでもないことを言った。

「本当ですか」

亜澄は驚きの声を上げた。

「この話を知っている人間はほとんどいない。マスコミなんかに知られたら、大騒ぎされるからね。あなたたちは警察だから、マスコミなんかには話したりしないでしょ?」

山科は亜澄の顔を見て言った。

妙に信頼されているようだ。

「はい、事件解決に必要な範囲でなければ、誰にも言いません」

亜澄はきっぱりと言い切った。

「それでね、後年、早織が去ったときに僕が落ち込んで晶子さんに相談したこともあるんだ。晶子さんはずいぶん慰めてくれた。僕にとっては大恩人だよ。結婚前はしばしば鎌倉の家も訪ねたよ。もう彼女とは二〇年くらい会ってないけどね」

平気な顔で山科は言った。

「あの……先ほどおっしゃった、もうひとりの男というのはどなたですか」

期待を込めて亜澄は訊いた。

「アルバイトの高校生だった男さ」

山科はあっさり答えた。

「名前はわかりますか？」

気負い込んで亜澄は訊いた。

「宮崎隆之って言う男だよ」

あっさりと山科は答えた。

「まさか、晶子さんの家事使用人……執事みたいな方ですか」

いくらか舌をもつれさせて亜澄が訊いた。

「そう……。宮崎くんは一生を晶子さんに捧げたんだ」

ちょっと重々しい口調で山科は言った。

「宮崎さんは七条さんの彼あるいは元彼だったのですか」

突っ込んで亜澄は訊いた。

「いや、僕が見る限り、あの二人はそんな関係じゃなかった。だいいち、宮崎くんが晶子さんに初めて会ったのは一七歳。高校二年生だ。そのとき晶子さんはもう二六歳だったんだよ。とてもじゃないが、宮崎くんはそんな気持ちで晶子さんを見てはいなかっただろう。なんて言えばいいのかな、宮崎くんにとって晶子さんは女神という存在だったんだろう。宮崎くんの愛は色情とは無縁なように思う」

ごくまじめな顔で山科は言葉を継いだ。

「キリスト教で言えばエロスではなく、アガペーだよ。相手になにかを求める愛ではなく、相手にすべてを与える愛だ。宮崎くんは長年、自分の持つすべてを晶子さんに与え続けてきたんだ」

表情を崩さないまま、山科は言った。

「七条さんはそんな宮崎さんの立場をどう思っていたのでしょう」

亜澄の問いは元哉も尋ねたい内容だった。

宮崎の奉仕を晶子はどう考えているのだろうか。

もっとも晶子に尋ねても真実は聞き取れないに違いない。

「むかしはかなりこころを痛めていた。宮崎くんは都立高校を卒業してから、ずっと晶子さんの家で働いているんだからね。もっともその頃は大学へ進む者はまれだったが……。彼女の屋敷を管理しながら、法律や経理なども独学で勉強したようだ。すべては晶子さんが快適に暮らせるようにと願ってのことだ。一方、晶子さんは家事使用人に若くて美しい娘さんを雇い続けて、どうか宮崎くんと結ばれるようにと願っていた。だが、宮崎くんはその女性たちには見向きもせずに働き続けたようだ。僕には本当の意味では宮崎くんの気持ちはわからない。だが、そうした愛のかたちがあっても不思議ではないだろう。僕にはある意味、彼の純粋さがまぶしい」

山科の声はわずかに震えた。

感動の波が彼を包んでいるように元哉には感じられた。

「なるほど……」

亜澄は考え込む表情となった。

「ちょっと違うが、長年連れ添った夫婦だって、性愛とは無関係にこころがつながっているだろう」

元哉にも納得のできる言葉だった。

「もはや、晶子さんも宮崎くんも生涯のラストステージだ。そんなことはとっくのむかしに消え去っただろう。だが、もし、宮崎くんが死病に倒れるようなことがあれば、晶子さんは真剣に最期を看取るだろう」

おだやかに山科は言葉を結んだ。

「それ以外に、七条さんと宮崎さんのことで先生がご存じのことはありませんでしょうか。また、関川洋介さんやそのお子さんたちのことでもいいです」

亜澄は質問を終えようとしている。

「いや、僕が知っているのはこれくらいだ。じゅうぶんに話すことができたよ」

ゆったりと山科は微笑んだ。

亜澄は元哉のほうを見た。

元哉としてはこれ以上の質問は必要ないと考えてうなずいた。

「今日は貴重なお時間をありがとうございました。お仕事の邪魔をして申し訳ありませんでした。先生の自分史が刊行されますことを願っております」

まんざら社交辞令とも思えない表情で亜澄は言った。

「ありがとう。もし刊行されたら、ぜひ読んでみてください」

山科は満面に笑みをたたえた。

「はい、必ず拝読します」

重ねて亜澄は言った。

2

二人は茅ヶ崎館を後にした。

「ねぇ、海までつきあってくれない？」

建物から離れると、いきなり亜澄は言った。

「どういうつもりだよ」

元哉は亜澄がそんなことを言い出した理由がわからなかった。

次の聞き込み先を考えるべきではないのだろうか。たとえば、七条邸に宮崎に会いに行くとか……。

「ちょっと考えをまとめたくてさ」

真剣な表情で亜澄は言った。

「わかったよ」

元哉はおとなしく従うことにした。

こんなときの亜澄は、元哉が考えもしないことに気づいている。それは事件解決につながることが少なくない。

性格はともあれ、亜澄の頭脳がピカイチなことは否定しにくい事実だ。

《ゴッデス》という大きなサーフショップだかサーフスクールのところで国道一三四号とその向こうに海が見えた。

備えてある販売機で、亜澄は黙って缶コーヒーを二本買った。

国道を渡ると、砂浜に細道ができていて波打際に続いている。

右手にはサザンビーチと茅ヶ崎漁港が見えている。

だが、亜澄はちいさな鳥居近くのコンクリートの上に腰掛けた。

「ねぇ、どう思った？　山科さんが言ってたこと」

缶コーヒーを渡しながら亜澄は訊いた。

「どの話だよ」

あえて元哉はとぼけてみせた。

「わかってるんじゃないの？」

亜澄は覗き込むようにして元哉の顔を見た。

「七条晶子と宮崎隆之のことか？」

元哉は正直に言わざるを得なかった。

「そうだよ。あの話はすべて本当だと思う」

亜澄はきっぱりと言った。

「少なくとも、山科さんはウソはついていない。しかし、宮崎の内心などは彼の考えに過ぎないだろう」

元哉は渋い声で言った。

「そう、宮崎さんのこころは、他者が計り知ることはできない。警察だって被疑者の内心は本当には把握できないことは少なくないでしょ。我々は刑事裁判に耐えられるだけの内心を聞き出すことしかできない。裁判官だって、他人の内心を把握できるわけではない」

珍しく哲学的なことを亜澄は口にしている。

「二人が男女の仲ではないというのは真実だろうか」

元哉は肯定的に考えていたが、亜澄の本心が知りたかった。

「それは事実だと思う。人間にとって愛する相手のすべてが恋愛や性愛の対象とは限らないでしょ。たとえば修道女の神への愛なんて典型的だよ」

やはり亜澄は少しも疑っていなかった。

「極端なこと言うなよ。だが、そうした愛が存在してもおかしくはないな」

あごに手をやって元哉は言った。

「おかしいはずないよ」

亜澄は元哉の目を見て言った。

「だから、なんだって言うんだ？」

元哉は亜澄がなにを言おうとしているか摑めなかった。

「あたしさ、宮崎さんのこと調べるべきだと思うんだよ」

はっきりと亜澄は言った。

「小笠原は宮崎が今回の事件に関わりがあると思っているのか」

元哉は驚きの声を上げた。

「単なる推察に過ぎないよ。そのつもりで聞いてね」

珍しくしおらしい調子で亜澄は言った。

「もったいぶらずに言ってみろよ」

いくらかイライラして元哉は言った。

「凶悪犯罪は基本的に道徳観が欠如した場合に起こるよね」

くそまじめな顔になって亜澄は言った。

「そうかもしれん。規範的障害が低いことが必要だ」

犯罪を躊躇させる心情を法律学では規範的障害と呼ぶ。

「そう。これをやっちゃいけないという気持ちが薄くなっている場合だよね」

「規範的障害が欠如しても法がやむを得ないと考える場合に、正当防衛がある」

「うん。たとえば、連続強盗殺人なんてやっちゃう人は、生来的か否かは別として最初から規範的障害が低い人だよ」

「まぁ、そうだろうな」

「だけど、規範的障害が低くなるのはそれだけじゃない」

「回りくどい言い方はよせよ。確信犯だろう」

「うん、政治的、思想的、宗教的信念から犯罪を正しいと確信して実行する場合だよね」

「宮崎が確信犯だというのか」

元哉はまたも驚いた。

「可能性は否定できないと思う」

平然と亜澄は言った。

「どんな確信犯だよ」

「晶子さんを守るため」

亜澄は静かに答えた。

「だけど、赤尾が晶子さんを襲おうとしていたような事実は出ていない。宮崎が赤尾を殺す理由はないだろう」

元哉の言葉に亜澄は首を横に振った。

「そうじゃないよ。たとえば晶子さんの名誉とかだよ」

亜澄はきっぱりと言った。

「晶子さんの名誉を守るために人を殺すというのか。いったい、どんな名誉だよ」

いささかきつい調子で元哉は聞いた。

「いまはまだわからない。名誉かどうかもはっきりしない。でも、可能性は考えられる。宮崎さんの晶子さんに対する異常なまでの思いはとっても恐ろしく感じるんだ」

亜澄は眉根にしわを寄せた。

「信じられんな」

元哉は鼻から息を吐いた。

「これからさ、捜査本部に戻って佐竹管理官に頼みたいことがあるんだけど」

いくらか遠慮気味に、亜澄は言った。

「いったいなんだよ」

またもイラついて元哉は言った。

今日の亜澄は、いつになく控えめなものの言い方をする。

自分の考えが突飛だということがわかっているのだ。

彼女と行動を共にすれば、元哉もその突飛な思考に共感していると佐竹管理官にも受けとられる。だから、亜澄は遠慮がちなのだ。

「地取り班の収集した証拠から、宮崎さんが見つかると思うんだ」

亜澄は元哉の目を見つめて言った。

「だけど、関川邸近くには防犯カメラがないじゃないか」

このことは捜査員全員を落胆させていた。

「でも、金沢街道沿いの防犯カメラに事件当夜、宮崎さんが映っているはずなんだよ」

自信たっぷりに亜澄は言った。

「仮に映っていても、それだけじゃ引っ張れないぜ」

任意同行を求めるには、県道に映っていただけでは不十分な証拠だ。

「だけど、宮崎さんが関与している疑いは濃厚になるでしょ」

たしかに犯行時刻の近くに金沢街道にいたことになる。

「そうだな、まともな人間ならそんな証拠を突きつけられたら、きっとアタフタするだろう」

元哉は納得した声を出した。

茅ケ崎駅に戻った亜澄は直属の上司である鎌倉署の吉田《よしだ》康隆《やすたか》強行犯係長に電話した。

新しい事実が見つかったから報告したいとだけ告げて、上りの高崎行きに乗り込んだ。

JR東日本の東海道線は、熱海や小田原と高崎や宇都宮を結ぶ長距離の電車が多い。東京を経由するものを上野東京ライン、新宿を経由するものを湘南新宿ラインと呼んでいる。

四〇分で元哉たちは若宮大路沿いの鎌倉署に戻ってきた。

鎌倉署の講堂に設置された捜査本部は、ほとんどの捜査員が捜査に出ていてガランとしていた。

捜査幹部席には誰もおらず、管理官席には佐竹管理官が座っていた。

予備班の席に退屈そうに吉田係長が座っていた。

「戻りました」

亜澄はまず予備班の吉田係長に報告した。

「なんだ、小笠原。新しい事実っていうのは？」

吉田係長は口を尖らせて訊いた。

「佐竹管理官にも聞いて頂きたいのです」

亜澄は言葉に力を込めた。

「おまえは自分の立場がわかっているのか」

吉田係長は尖った声を出した。

管理官は警視である。本部捜査一課管理官は、同じ課に所属する元哉も直接口をきけるような相手ではない。

「わたしも聞こう。こっちへ来てくれ」

離れた管理官席で聞いていた佐竹管理官が手招きした。

髪の毛をきちんと整髪してビシッとスーツを着こなした佐竹管理官は、まるで商社マンのようだ。叩き上げの刑事出身と聞いたことがある。

元哉も亜澄も吉田係長も足早に管理官席に歩み寄った。

「あの、わたしたちは今朝から脚本家の山科勝雄さんを滞在先の茅ヶ崎館に訪ねて聞き込みを行っていました。そこで元女優の七条晶子さんと彼女の屋敷の執事兼運転手を務めている宮崎隆之さんの関係について詳しい話を聞きました。わたしは宮崎さんを重要参考人として捜査するべきだと考えています。それは……」

　ハキハキとした声で亜澄は詳しい話を続けた。

　すでに関川洋介と七条晶子の関係などは報告済みだ。

「すると、赤尾は関川家のことで殺されたわけではないというのか」

　すべてを聞いた佐竹管理官は目を見開いた。

「それは、まだわかりません」

　亜澄は正直に答えた。

　関川家と関わりがないという断言ができるわけではない。

「おいおい、いくらなんでも小笠原の発想は突飛すぎるぞ。いわば妄想ってヤツだ」

　吉田係長はあきれた声を出した。

「吉川はどう考えているんだ？」

　佐竹管理官は元哉に顔を向けて訊いた。

「はぁ、たしかに突飛だとは思いますが、宮崎の晶子に対する愛情や奉仕の感情は尋常なものとは思われません」

　元哉としては、亜澄への援護射撃を行うしかなかった。

「金沢街道沿いの防犯カメラ映像をチェックし直すことは無駄だとは思われません」

　亜澄はきっぱりと言い切った。

「たしかに、犯人が誰だかわからないでチェックするのと、宮崎隆之の顔をチェックするのではまったく意味が違う。まして金沢街道の交通量は少なくはない。これまでのクルマのチェックは完璧ではないかもしれん」

佐竹管理官は亜澄の顔を見ながら、しっかりとうなずいて言葉を継いだ。

「どうせ行き詰まっている捜査だ。小笠原の突飛な発想に賭けてみてもいいだろう。小笠原と吉川はさっそくチェックにまわってくれ」

にこやかに佐竹管理官は言った。

「ありがとうございます」

亜澄は喜びの声を上げた。

「ただちに」

元哉も威勢よく答えた。

「吉田くん」

続けて佐竹管理官は吉田係長に呼びかけた。

「はっ」

吉田係長はしゃちほこばって返事をした。

「君はいざというときに備えて、宮崎隆之の監視態勢を整えてくれ」

おだやかな口調で佐竹管理官は命じた。

「了解しました」

吉田係長は身体を折った。

元哉と亜澄は別室に移ってモニター画面に見入った。

金沢街道沿いの防犯カメラ映像は何本もあるが、チェックしなければならない時間は短い。

元哉たちは七箇所に設置された防犯カメラのデータを次々に確認し始めた。

確認するのは、午後七時から八時の間である。

場所は金沢街道、県道二〇四号は鎌倉と横浜市金沢区を結ぶ幹線道路だ。

かなり多くの車両が通っている。乗用車、バス、トラックと車両の種類も少なくはない。

元哉は一台一台をしっかりと確認し続けた。

しばらくすると亜澄が画面を停止したりいくらか戻したりし始めた。

「見つけた！」

亜澄は叫び声を上げた。

「本当かよ」

元哉も亜澄の前のモニターに視線を移した。

「このクルマ。ナンバーは読み取れないけど」

亜澄はボールペンの尻で静止している画面を指し示した。

カラーで解像度も高い。

「銀色のアルト……。たしかに七条邸のカーポートに駐まっていたな」

画面を注視して元哉は言った。

「これ、浄明寺駐在所の防犯カメラの映像だよ。記録時刻は午後七時一二分」

亜澄は資料を見て言った。

「犯行時刻と推定されているのは、午後七時過ぎから八時過ぎだったな」

元哉の胸は弾んだ。

「そう。時間的にも符合するでしょ」

亜澄も明るい声で言った。

「ナンバーは映ってないな。拡大してみよう」

「了解なり」

元哉が言うと、亜澄は手もとのノートＰＣを操作した。

画面が大きくなった。

拡大しても、もちろん解像度がそれ以上、詳細になるわけではない。

「うーん、横顔が映っているが、ちょっと遠いなぁ」

画面を注視して元哉は嘆き声を出した。

「そうねぇ。運転しているのは高齢の男性だけど……特定はしにくいね」

亜澄も浮かない声を出した。

「反対方向もあるはずだ」

クルマは鶴岡八幡宮方向から金沢八景方向に進んでいる。

すぐ近くの交差点から二つ目の信号を右折すると、報国寺の谷戸すなわち関川邸への入口だ。

もし、関川邸に向かっているとしたら、帰り道はふたたび浄明寺駐在所の前を通るはずである。

七条邸に戻るとしたら、鎌倉女子大の二階堂学舎の先を右折するはずだ。

さらに反対車線は駐在所に近い側を通っている。

元哉の言葉に亜澄はふたたび明るい顔になった。

「そうだね。ちょっと進めてみる」

亜澄はマウスをクリックした。

「あった！」

叫び声が響いた。

画面には銀色のアルトが見えている。

「八時一分だな。拡大だっ」

元哉の声も高くなった。

拡大してゆくと、運転手の横顔がはっきりと映っている。特徴的なわし鼻は宮崎隆之に間違いない。

亜澄が元哉の手をとった。

「やったね！」

小躍りしながら、亜澄は叫んだ。

「どうやら、小笠原の妄想は妄想じゃなかったな」

さすがに元哉の声もうわずった。

亜澄の突飛な発想は間違ってはいなかった。

「妄想と思ってたの？　ひどい」

頰をふくらませたが、亜澄は明るい声を出している。

「さっそく佐竹管理官に報告だ」

元哉は勢いよく言った。

「うん、この映像はスマホにコピーするね」

亜澄はノートPCを操作した。

元哉と亜澄は講堂に早足で戻った。

「管理官。浄明寺駐在所の防犯カメラに関川邸方向に午後七時二二分、八幡宮方向に八時一分に映っているクルマの運転手が宮崎隆之と思われます」

亜澄はスマホを掲げながら佐竹管理官に伝えた。

「なんだと！」

佐竹管理官は短く叫んだ。

「でかしたぞ。小笠原っ」

吉田係長は大きな声で亜澄を賞賛した。

さっきまで妄想扱いしていたくせに、自分の部下の手柄と佐竹管理官に認めてもらいたいのだろう。

「ナンバーが映っていませんので、確定はできません。ですが、この銀色のアルトは七条晶子邸のカーポートに駐まっていたクルマと同一車種です」

亜澄の言葉は力強かった。

「そうか。やはり宮崎は被疑者と考えられるか」

佐竹管理官は鼻から大きく息を吐いた。

「かなりの可能性で、被疑者と考えても間違いないと思います」

自信たっぷりに亜澄は答えた。

「だが、この映像だけでは任意同行で引っ張るのは難しいな」

腕を組んで佐竹管理官はうなった。

「そうだ、この映像を科捜研に調べてもらおう。宮崎についてのさまざまな資料を集めて照合するんだ。吉田くん、手配を頼むよ」

「了解しました」

きちょうめんな調子で吉田係長は答えた。

「まずは、わたしと小笠原で直接、宮崎の事情聴取をしたいと思います」

元哉は毅然とした態度で言った。

「揺さぶりを掛けるのか」

まじまじと元哉の顔を見て、佐竹管理官は訊いた。

「はい、そのつもりです」

元哉はきっぱりと言った。

「その手は悪くない。任同では引っ張れないが、揺さぶりを掛ければなにか飛び出してくる可能性はある。吉田くん、宮崎の監視態勢は？」

佐竹管理官は吉田係長に訊いた。

「大丈夫です。すでに四人の捜査員をひそかに張り付かせてあります」

吉田係長は元気よく答えた。

だが、宮崎が逃げ出すことはないと元哉は考えていた。

逃亡すれば、晶子に迷惑が掛かるからだ。

「よしっ、吉川、小笠原、七条邸に向かえ。覆面車両を使ってかまわん」

力強く佐竹管理官は命じた。

3

背中にキジバトの声を聞きながら、元哉と亜澄は数寄屋門の前に立っていた。

しばらく亜澄が呼び鈴を鳴らしていると、木扉が開いた。

きちんとしたスーツ姿の宮崎が出てきた。

「何の用ですか」

無愛想な声で元哉たちをねめつけながら宮崎は答えた。

「お話を聞きに来ました」

元哉は短く用件を告げた。

「晶子さまは少しお風邪気味でお休みです。またにしてください」

素っ気ない調子で宮崎は答えた。

「いえ、今日は七条さんではなく、あなたにお話を伺いたいのです」

元哉はつよい調子で言った。

「わたしに？」

驚いたように宮崎は目を見開いた。

「そうです。あなたは四月一〇日の夜、そこのカーポートに駐まっているスズキ・アルトで出かけましたね。金沢街道を金沢区方向……いや、関川邸方向に進んだことがわかっています」

冷静な調子で元哉は言った。

見る見る宮崎の瞳が大きく見開かれた。

気づいてみると、宮崎の身体がゆらゆらと揺れている。

動揺していることは明らかだ。

あたりに晶子や紀江がいないかどうか、宮崎は首をめぐらして様子をうかがっている。

「そのお話でしたら、うちへ入ってください」

声を潜めて宮崎は答えた。

宮崎が指さすのは、母屋ではなく自分の住まいだった。

かつてゲストハウスだったという小さな家である。

元哉たちは宮崎の後に従いて建物に入った。

八畳間くらいのリビングに古ぼけたソファが置いてある。

豪奢な母屋と比べると、かなり質素な家だった。

「そこへ掛けてください」

低い声で宮崎は言った。

言葉に従って元哉と亜澄はソファに腰を掛けた。

「わたしがどこにいたんですって？」

向かいに座った宮崎は尖った声で訊いた。

「浄明寺駐在所の前ですよ。こちらに駐まっているアルトに乗っていましたね」

冷静な調子で元哉は言った。

「港南台のホームセンターに行ってたんですよ。横浜横須賀道路を使ってね」

さらりと宮崎は答えた。

両の瞳は元哉へまっすぐに向けられている。

刑事二人に事情聴取されて、こんな態度を取れる人間は少ない。

ふつうなら縮み上がってしまうところだ。

宮崎は強固な意志を持つ人間に違いない。

「へぇ、ずいぶん遠くまで買い物に行くんですね」

皮肉っぽい口調で元哉は言った。

「鎌倉の住人は、藤沢か港南台まで買い物に行くことが多いんです。市内には商業施設が少ないですからね」

平然と宮崎は答えた。

「その話は聞いています。鎌倉駅より東側の住人は港南台に買い物に行くことも多いそうですね。でも、時間が合いませんよ。宮崎さんは金沢区方向に午後七時二二分。八幡宮方向に八時一分という短い時間で浄明寺駐在所の前を往復してるんです。港南台までは片道二〇分くらい掛かりますよ。買い物する時間がありません。無理な話です」

亜澄が横から口を出した。

「どこに行ってたっていいでしょう。プライバシーの問題だ」

怒りのこもった声で宮崎は言った。

「いずれ、すべてが明らかになるんですよ。警察はどこまでも調べます」

諭すように元哉は言った。

「なにが明らかになるというのです」

宮崎は鼻からふんと息を吐いた。

「あなたがしたことです。我々は真実を知りたいのです」

静かな口調で元哉は言った。

黙ったまま宮崎は腕組みした。

「この画像はすでに科学捜査研究所が画像解析に入っています」

クルマが映っているスマホの画面を見せながら亜澄は言葉を継いだ。

「また、殺害現場の微物鑑定も行います。必ずあなたのＤＮＡが検出されるはずです。

髪の毛を一本頂けませんか」

　亜澄は丁重に頼んだ。

　だが、微物鑑定から目的のDNAが検出できるとは限らない。

　いわば亜澄のハッタリだ。

「任意でしょう？　断ります」

　宮崎はそっぽを向いた。

「ねぇ、宮崎さん。真実は必ず明らかになります。そうすれば、七条さんに大きな迷惑が掛かるのではないですか」

　やわらかい口調で亜澄は言った。

「それは……」

　宮崎は言葉を失った。

「どちらにしても、県警はお屋敷を家宅捜索します。いきなりでは七条さんもとまどうでしょうね」

　亜澄は口もとに笑みを浮かべて言った。

「母屋は困ります。だいたい、母屋はわたしの家ではない」

　宮崎はあわてふためいた。

「あなたが真実を語り、この家からじゅうぶんな証拠が収集できれば、母屋の捜索は取りやめることもできるのです」

噛んで含めるように亜澄は言った。

「本当ですか……」

乾いた声で言うと、宮崎は暗い顔で考え込んでいる。

「あなたと赤尾さんとの間になにがあったか教えてください」

元哉は宮崎の目を見て言った。

長い沈黙があった。

事情聴取では相手が黙っているときには、刑事も口をつぐんでいるべきである。

「あいつは俺を騙した……」

ぽつりと宮崎は言った。

「赤尾さんがなにをしたのですか」

畳みかけるように元哉は訊いた。

「月給から終活の資金として貯めている金がある。それを増やすと言って騙し取ったんだ。この通帳を見てくれ」

宮崎は立ち上がって壁際の木製キャビネットの引出から一冊の通帳を元哉に渡した。

元哉はさっと中身を確認した。

決定的な記述があった。

カエデ銀行の鎌倉支店で五〇〇万円が引出されていた。ＡＴＭでは一〇〇万円しか下ろせないので、窓口を訪れたのだ。

「三月三一日に五〇〇万という大金が下ろされていますね」

元哉の言葉に宮崎は大きくうなずいた。

「ああ、赤尾がよい投資先があるからと言って俺から騙し取ったんだ。現金が都合がいいというので手渡しした。四月五日に専門家に電話して話を聞いた。その投資先は詐欺だとわかったんだ。が、すでに遅かった。俺にとってはなけなしの金なんだ。俺は騙された。あいつのことが許せなかった」

宮崎は歯ぎしりした。

これが真の動機だったか。

元哉は予想外の話に驚いていた。

「赤尾さんとはどうして知り合ったのですか」

亜澄は宮崎を見つめながら訊いた。

「ある日、赤尾が訪ねてきた。幸いにも晶子さまは病院に行ってらして、紀江さんも付き添いで留守だった。赤尾は関川由布子さんからここの住所を訊き出したらしい。俺は三時頃、病院に迎えに行く予定だった。やって来た赤尾は晶子さまの取材をすると言ったが、俺は断った。絶対に晶子さまには会わせたくなかった。赤尾は取材のことはあきらめた。もとから晶子さまから得られる情報は少ないと考えていたと言っていた。そしたら、赤尾は俺に投資話を持ちかけてきた。晩年のことが不安になっていた俺は、ついその話に乗ってしまったんだ。だが、俺はあいつに騙された。すべてを失ったんだ」

宮崎は唇を嚙んだ。

いずれにしても宮崎は自白した。任意同行を求めてもかまわない。

あとは取調のベテランにまかせてもいいだろう。

「鎌倉署までご同行頂けますか」

元哉は静かに言った。

「ちょっと待ってくれ」

宮崎は真剣な顔で答えた。

「なにをするんですか」

すがるような目で宮崎は、元哉を見た。

「紀江さんに事情を話して、後のことを頼んでくる。俺がいなくなったら、誰かを雇わなけりゃならない」

「わかりました。もちろんかまいません」

元哉はやわらかい調子で答えた。

「玄関あたりを掃いているはずだ。一緒に来てくれ」

宮崎は立ち上がった。

玄関付近で紀江が掃き掃除をしていた。

黙って紀江は元哉たちに頭を下げた。

宮崎はゆったりと紀江に歩み寄っていった。

元哉と亜澄は少し離れたところで立って両者の話を聞かないようにしていた。

ただ、紀江が絶句して真っ青になっているのがわかった。

しばらく話をしていた宮崎が元哉たちのところへ戻ってきた。

「お待たせしました。行きましょう」

冷静な口調で宮崎は言った。

後部座席に亜澄と宮崎を乗せて、元哉が運転する覆面パトカーは谷戸の道を表通りへと走り始めた。

鎌倉署に着いて、講堂に宮崎を連れて行った。

「重要参考人の宮崎隆之を任意で連れてきました」

元哉は平らかな口調で報告した。

佐竹管理官は無言でうなずいて、捜査員の一人に取調室に連れて行くよう指示した。

元哉たちに一礼すると、宮崎は黙って連行されていった。

元哉はさっきの取調の経緯を佐竹管理官に告げた。

「ご苦労だった。あとは捜一のベテランに取調をまかせよう。小笠原、吉川、よくやった」

最大限の賛辞と言えよう。

元哉と亜澄は身体を深く折って正式な敬礼をした。

「補強証拠の収集などを続けるが、取調の結果次第で本日中に捜査本部は解散だ。いずれにしても君たちはしばらく休むといい」

鷹揚な調子で佐竹管理官は言った。

「ありがとうございます。そこの《こかげ》でコーヒー飲んできます」

亜澄はやわらかく言った。

元哉と亜澄は鎌倉署を出て近くの《こかげ》という喫茶店に入った。

ブレンドコーヒーを一口飲むと、亜澄は元哉の目を見た。

「あたし、納得できない」

憤然とした口調で亜澄は言った。

「なにがだよ」

元哉は苦々しい思いで答えた。

「動機だよ。さっき宮崎が言ってた殺害動機のこと」

亜澄は歯を剝き出した。

「だが、五〇〇万が下ろされていたのは事実なんだぞ」

元哉は通帳の記録をこの目で見たのだ。

「でもさぁ、あたしは今回の事件は、宮崎の晶子さんに対する思いが根っこにあると思うんだよね。絶対に単純な投資詐欺事件なんかじゃないよ」

亜澄は真剣な表情で訴えた。

「小笠原のロマンだろ。そりゃ」

あきれ声で元哉は答えた。

「宮崎はお金を騙し取られたくらいで人を殺すような男には見えないんだよなぁ」

嘆くように亜澄は言った。

「でも、あいつは意志が強い人間だぜ。さっきの事情聴取でよくわかった」

「それは認める」

「あいつが真犯人だとは思わないのか」

元哉の問いに亜澄は首を横に振った。

「真犯人は間違いなく宮崎だよ。だから身柄を引っ張ったって問題ない。だけど、動機はウソに決まっている。宮崎はなにかを隠している」

亜澄は目を光らせた。

「となれば、七条晶子以外にないよな。彼女が犯人だというのか。たとえば教唆犯とか」

元哉は疑わしげに言った。

「そうは思っていない。昨日会ったとき、晶子さんに人を殺したような禍々しさはいっさい感じなかった」

亜澄の言葉は元哉も同意できた。

晶子が殺人などに関与しているとは思えなかった。

「じゃあ、どういうことだよ」

元哉はコーヒーを飲んでから訊いた。

喫茶店の入口からひとりの老女がゆっくりと近づいて来るのが見えた。

元哉は思わず立ち上がった。

亜澄も何ごとかと立った。

「晶子さん……」

ぼう然とした声で亜澄は言った。

歩いてくるのは、なんと七条晶子だった。

昨日とは色味の違う和服を身につけている。

紀江が付き従っていた。

「小笠原さま、吉川さま……ここに掛けてもようございますか」

品のよい声が響いた。

「もちろんです。さぁ、どうぞ」

亜澄はあわてて元哉の隣に席を移動した。

「失礼します」

晶子は静かに正面の椅子に腰を下ろした。

「わたしはクルマでお待ちしております」

顔色の冴えない紀江が言った。

「紀江ちゃん。出がけにわたくしにミルクティーのオーダーしておいて」

やさしい声で晶子は紀江に命じた。

「かしこまりました」

紀江は一礼して去った。

「宮崎さんが逮捕されたのですね。あわてて鎌倉警察署に行きましたら、会わせてくれませんでした。お二人の行き先を伺いましたらこちらだというものですから」

言い訳するように晶子は言った。

取調中の重要参考人を一般市民に会わせることはない。

とは言え、晶子が自分たちを追いかけてきたことは、元哉には驚きだった。

「宮崎さんはまだ逮捕されていません。参考人というかたちで任意同行に応じてもらったのです」

亜澄はきっぱりと言い切った。

「やはり逮捕されるのでしょうか」

晶子は眉間に深いしわを刻んだ。

「ご本人が犯行を自供しましたので……」

亜澄は冴えない声で答えた。

「そうなのですか……」

かすれた声で晶子は言った。

「被害者の赤尾さんから投資詐欺に遭って五〇〇万円を騙し取られたと供述しております。証拠になる通帳も確認しました」

元哉は晶子の目を見て言った。

晶子はしばらく黙っていた。

店員が紅茶を運んできたが、手もつけない。

「あの……罪の重さというものは、その理由によって変わるものでしょうか」

とつぜん、晶子は奇妙なことを訊いてきた。

「本人の申し立て通りなら、刑法一九九条の殺人罪が適用されます。この場合には『死刑又は無期若しくは五年以上の拘禁刑に処する』と規定されていて、大変に幅広い刑罰が予定されています。事情の如何によって刑罰の軽重は変わります」

元哉は教科書的な答えを返したが、晶子は真剣な表情でうなずいた。

「もうひとつ伺ってもよいでしょうか」

晶子は元哉の目をまっすぐに見た。

「はい、何なりと」

やわらかい声で元哉は答えた。

「お二人にお話ししたことはマスコミには伝わりませんか」

不安そうな表情で晶子は訊いた。

「裁判の中で伝わることはあるかもしれません。ですが、わたしたちがマスコミに漏らすことはあり得ません」

またも元哉は教科書的に答えた。

「わたくしは真実を話すように、勇気を出したほうがよいですね」

晶子の表情には、決意が見られた。

「どんな場合でも真実に基づかない裁判は間違っています」

緊張しつつ元哉は答えた。

「由布子は関川洋介さんとわたくしとの間にできた子どもです」

ゆっくりと晶子は言った。

「なんと……」

「そんな……」

元哉も亜澄も言葉を失った。

想像もしない言葉だった。

「その頃、洋介さんには真智子さんという奥さまがいらっしゃいました。わたくしたちの関係は許されるものではありませんでした。世間に出れば洋介さんの人気は一挙に消えてしまう。だからわたくしが消えることにしたのです。わたくしの引退は由布子を身ごもったからです」

静かな表情で晶子は、元哉たちの顔を見ながらゆっくりと言葉を継いだ。

「本当なら『竹寺の雪』の道代のようにわたくしは消えてしまいたかった。ですが、お腹には由布子がいたのです」

落ち着いた口調で晶子は言った。

「そうだったんですか……」

亜澄の声はかすれた。

「由布子を産んでからまもなく、奥さまの真智子さんは亡くなりました。真智子さんは一年近く病気で床に就いていたのです。洋介さんはこっそりわたくしに会って由布子を引き取りたいと言い出しました。わたくしは悩みに悩んだ末に、洋介さんの申し出を受け容れることに決めました。由布子を父なし子として育てるのは耐えられなかった。洋介さんのお宅で豊かに育ってほしいとわたくしは願ったのです」

悲しげに晶子は目を伏せた。

「真智子さんが亡くなってから、洋介さんと結婚する道もあったのではないですか」

亜澄は抗議するかのように訊いた。

「そんなことはできるわけはありません」

激しい口調で、晶子はかぶりを振った。

「なぜですか」

口を尖らせて亜澄は訊いた。

「由布子がいます。あの子が生まれたということは、洋介さんとわたくしが不倫をしていたことが世間に現れてしまいます。しかも、真智子さんが病床に就いているときに……。これは洋介さんの致命的な醜聞になります。頂点にあった洋介さんの人気は地に落ちるかもしれません」

静かながら淋しそうに晶子は答えた。

この点は洋介も晶子も弁解できないだろう。

だが、男と女の愛憎は、とくに倫理をも超える。

元哉はいくつかの事件でそのことをよく知っていた。

「大スターは仮面をかぶって生き続けなければならないのか……」

元哉が思わず言葉を漏らすと、晶子は静かにうなずいた。

「洋介さんは家事使用人を全員解雇して、都内から鎌倉に移ってきたのです。新しく雇った使用人頭に言い含めて、生まれたばかりの由布子を自分と奥さまの間の子だと言って育てたのです。戸籍上も由布子は真智子さんの子として届け出されました。あの時代ですから世間にはごまかしようもあったのです。婚姻届や出生届も遅れて出す夫婦も少なくなかった頃なのです。わたくしは由布子の近くにいてやりたいから鎌倉に移ってきました。幼稚園や小学校に通う由布子をこっそり眺めていたことも一度や二度ではありません」

晶子は涙を瞳いっぱいに浮かべた。

引退後、関川洋介には死んだときにしか会っていないと晶子は言っていたが、あれは偽りだった。

「この事実は誰が知っているのですか」

亜澄は低い声で訊いた。

「生きている人間では、由布子自身と、宮崎さん、山科さんしか知りません」

きっぱりと晶子は言い切った。

「脚本家の山科勝雄さんですか」

亜澄は驚いて訊いた。

「山科を訪ねたときにはこの話は出てこなかった。

彼は秘密を守ったのだ。

晶子は静かにうなずいた。

「山科さんと宮崎さんはわたくしが都内から消えるときにも手伝ってくれました。由布子は後妻さんの早織さんが亡くなる直前に明かされたそうです。それ以外の人にはいま初めてお二人にお話しするのです」

晶子は元哉たちの顔を交互に見て言った。

「宮崎さんはこの秘密を守ろうとしたのです」

晶子はいくらか強い調子で言い切った。

亜澄は言葉が継げないような顔をしている。

「もう少し詳しくお聞かせください」

代わって元哉が言った。

「わたくしはまもなく世を去る年齢です。自分で言うのは口はばったいのですが、『伝説の女優』『第二の原節子』などと呼ばれています。その歴史を宮崎さんは守ろうとしたのではないでしょうか。もし真実が表に出れば、わたくしは関川洋介を妻から奪ったろくでもない女となります。わたくしの六〇年前の引退も美談どころではなくなります。

由布子も不倫の末に生まれた娘となってしまいます」

しんみりとした口調で晶子は言った。

洋介の次女恵衣子は早織の子であり恵智花は孫なので、不倫の子と呼ばれることはない。

「では、赤尾さんは、なぜ殺されたのでしょう」

もちろん正確な答えは宮崎しか知らない。

「これはわたくしの想像に過ぎません。ですが、どういうかたちでか、この秘密を知って赤尾さんは宮崎さんを脅迫していたのではないでしょうか」

ぶるっと晶子は身を震わせた。

「そうなのかもしれませんね」

我が意を得たりとばかりに亜澄はうなずいた。

元哉にも納得のできる犯行動機だった。

「宮崎さんの銀行口座から五〇〇万円が三月三一日に下ろされています。本人は騙されて赤尾さんに渡したと供述していますが」

冷静な口調で元哉は言った。

「ああ、気の毒な」

額に掌を当てて晶子は嘆いた。

「宮崎さんはわたくしに心配を掛けまいと、自分の貯金から渡したのです」

晶子の両目から涙があふれ出た。

「この手の恐喝犯というものは一回金を払うと何度でも強請《ゆす》ってくるものです。五〇〇万で味を占めた赤尾は、きっとまた宮崎さんを強請ったのでしょう」

したり顔で亜澄は言った。

「わたくしはあの人の一生を台無しにしてしまった。宮崎さんの好意に甘え続けてしまった。わたくしは生涯で二つの大罪を犯しました。ひとつは洋介さんを奥さまから奪ったこと。もうひとつは宮崎さんの生涯を奪ってしまったことです。こんなわたくしは地獄に落ちるべきです」

悲痛な声で晶子は言った。

「宮崎さんはそうは思っていないと思いますよ」

亜澄はやさしい声を出した。

「でも、あの人は高校を出てから六〇年間もわたくしに仕えてくださったのです。なんの保障もないのに」

振り絞るような声で晶子は言った。

「宮崎さんは女神を守り抜いた一生だと誇っているはずです」

亜澄は山科の言葉を借りて、晶子の心を静めようとした。

「そうでしょうか」

晶子は小首を傾げた。

その姿は不思議なことに少女のようだった。

元哉は二度見してしまった。

「はい、間違いなく」

しっかりとした声音で亜澄は言った。

しばらく晶子はうつむいて泣き続けていた。

「わたくしは今後も由布子が自分の子である事実を世間に出すことはありません。誰にも言いません」

顔を上げた晶子はきっぱりと言い切った。

「それでよろしいのですね」

亜澄は念を押した。

「この秘密を守ろうとした宮崎さんのためにも、決して口にすべきではないと思っています」

晶子の瞳は強い光に輝いていた。

「由布子さんは重い病気で大船総合病院に入院しています」

気の毒そうな表情で亜澄は言った。

「知っております。ひそかに三度ほど見舞いに行きました。面会してもほんのわずかな時間しか話すことはできませんでしたが」

晶子は目を伏せた。

「お話しなさいましたか」

亜澄の言葉に晶子はうなずいた。

「はい、もうすぐ幸せになると言っていましたのに……」

晶子はつらそうに言った。

「どういうことですか？」

亜澄は晶子の顔を見て尋ねた。

「由布子には晩年をともに生きることを誓い合った殿方がいるんです」

たしか、関川由布子はずっと独身で通してきたはずだ。

「誰なんですか」

亜澄の舌はもつれた。

「蜂屋貞一さんです」

だから見舞いにも来ていたのか。

「そうだったんですか」

「でも、あんな重い病気に冒されるなんて……」

つらそうに晶子は言葉を詰まらせた。

しばらく晶子は黙った。

「申し訳ありません。久しぶりに外へ出ましたものですからそろそろ限界のようです」

晶子の顔色が冴えない。

これ以上留めるべきではない。

若く見えると言っても九〇近い高齢だ。

「非常に貴重なお話をありがとうございました」

亜澄は深々とお辞儀をした。

「事件の性質が大きく変わって参ります」

元哉も頭を下げた。

「宮崎さんのために、わたくしはなにをすればよいでしょうか」

晶子は二人の顔を交互に見て訊いた。

「よい弁護士さんを探してあげてください」

こころのこもった声で亜澄は言った。

「はい、世慣れた山科さんに相談してみます」

初めて晶子は微笑んだ。

晶子はスマホで紀江を呼び、介添えされながら店を出て行った。

「これで決まったな」

　どすんと椅子に座って元哉は言った。

「うん、やっぱり宮崎が言っていた動機は晶子さんを守るためのウソだったんだ」

　納得した顔で、亜澄は答えた。

「一件落着というわけか」

　肩の荷が下りたような気持ちで元哉は言った。

「なんか、この事件はこれで終わりじゃない気がするんだ」

　亜澄はまた難しい顔をしている。

「どういうことだよ」

　元哉はうんざりした口調になってしまった。

「はっきりしない。だけど、とにかく宮崎に話を聞いてみようよ」

　あいまいに言って亜澄は立ち上がった。

「そうだな、佐竹管理官に頼んでみよう」

　元哉たちは鎌倉署に戻ることにした。

　すぐに佐竹管理官のところへ直行して、宮崎の取調をさせてもらえないか頼んだ。

「じゃあ短く済ませてくれ。宮崎は自分の犯行だと自供している。取調は順調だという話だ。まもなく逮捕状が来るので通常逮捕する」

佐竹管理官は機嫌がよかった。

取調室にいたベテラン二人としばらくの間という約束で交代した。

記録係の若い刑事はそのまま残った。

「宮崎さん、あなたは投資詐欺の被害なんかに遭っていないでしょ」

正面に座った亜澄は開口一番きつい声音で訊いた。

「あんた、なにを言ってるんだ。いままで取り調べてた刑事さんも、俺が投資詐欺を受けてたことは疑いはしなかったぞ」

不機嫌そうに宮崎は口を尖らせた。

「わたしたち、いま晶子さんに会ってきたの……というか、晶子さんがわたしたちに会いに来てくださったのよ」

亜澄の言葉は効果的だった。

宮崎の顔色が変わった。

「本当ですか」

ていねいな調子に変わって宮崎は訊いた。

「いまそこの《こかげ》って喫茶店でコーヒーを飲んでたら、晶子さんが塩塚さんの介添えで来てくださったの」

明るい声で亜澄は言った。

「紀江さん、運転下手なんだよな。無事に帰れるかな」

宮崎は見当違いの心配をしている。

「それでね、あなたがなぜこんな事件を起こしたか、晶子さんが教えてくれた」

亜澄はさらりと言った。

「晶子さまが」

宮崎は目を見開いて息を吸い込んだ。

「あなたが投資詐欺被害に遭った恨みで、赤尾さんを殺すはずはないと言っていた」

「なんだって？」

「晶子さんは少しでもあなたの罪を軽くしたくて、一所懸命だった。そのために真実を語ってくれたのよ」

「えっ」

宮崎は雷に打たれたようにビクッと身体を震わせた。

「そう、あなたが晶子さんの秘密を守るために今回の事件を起こしたことを」

重々しい調子で亜澄は告げた。

「バカな……」

青い顔で宮崎は言葉を途切れさせた。

「でも安心して。わたしたちは晶子さんと関川洋介さんのこと、由布子さんの出生の秘密については絶対にマスコミには漏らさないから」

くどいくらいのていねいな調子で亜澄は言った。

「本当ですね」

念を押すように宮崎は亜澄の顔を見た。

「信じてもらっていい」

元哉は横から口添えした。

「ところで、赤尾がなにをしたの?」

亜澄はさらりと訊いた。

「もうわかってると思うけど、秘密をバラされたくなかったら金を払えって脅されたんです」

顔をしかめて宮崎は言った。

「どうして、赤尾が秘密を知ったの?」

宮崎の目を見つめて亜澄は訊いた。

「あの男は……ブレスレットに気づいたんだ」

苦々しげに宮崎は答えた。

「どういう意味?」

亜澄は首を傾げた。

「関川洋介には自慢のプラチナチェーンのブレスレットがあった」

古い記憶を辿るような顔で宮崎は言った。

「もしかして《ヴァンクリーフ&アーペル》の細いチェーンとダイヤのブレスレットのこと？」

記念館の写真を見て、亜澄がそのブレスレットのことを言っていたことを元哉は思い出した。

「たぶんそれだ」

宮崎は即答した。

「そのブレスレットなら、関川洋介さんのプライベートフォトにたくさん写っているね」

「だが、一九六一年以前の話だ」

「そこまでは確認していないけど」

「いや、それ以降は絶対に写っていない。最後に写っているのは『竹寺の雪』のラストシーンだ」

自信たっぷりに宮崎は言った。

「そうなの？」

亜澄は目をぱちくりと瞬かせた。

「ああ、ウソだと思うなら実際に見てみるといい。ただし、『竹寺の雪』に限っては、ブレスレットは関川洋介の腕にはない」

またも奇妙なことを宮崎は口にした。

「じゃ、ブレスレットはどこにあるの？」

不思議そうに亜澄は訊いた。

「晶子さまの左腕にあるんだ」

したり顔で宮崎は答えた。

「そういうことか！」

亜澄は叫び声を上げた。

「どういうことだよ」

元哉は思わず訊いた。

「鈍いわね。ブレスレットは洋介さんから晶子さんに愛の証として贈られたものなのよ。その時期が『竹寺の雪』を撮っている頃」

亜澄は鼻の先にしわを寄せた。

「なるほど、撮影中にもつけちまってたわけか」

元哉は低くうなった。

「晶子さまはミスだと仰っていた。つい外すのを忘れて本番に臨んでしまったってね。あとで外してコートの隠しに入れたけど、ブレスレットをつけているときのテイクが採用されてしまって、どうしようもなかったって。そのブレスレットはまだ、晶子さまがお持ちだ」

淡々とした口調で宮崎は説明した。

「で、赤尾とブレスレットの関係を教えて」

亜澄の言葉に宮崎は大きく顔をしかめた。

「赤尾は関川洋介の歴史を調べているうちにそのことに気づいていた。最初は単に洋介と晶子さまの間に恋愛関係があったのではという疑いだった。だが、ついに由布子さんという子まで成したことを調べ上げてしまったんだ。当時、晶子さまがお住まいだった稲取あたりを調べまわったらしい」

宮崎の奥歯がきしんだ。

「それで、あなたを恐喝したのね」

亜澄は念を押した。

「そうだ『銀幕史上に残る七条晶子の美名を汚してやろうか』『永遠の処女を泥まみれにしてやろうか』ってな。だから、俺は要求された五〇〇万を払った。だが、四月になってまた三〇〇万を要求してきた。だから、俺はヤツを殺すことにした。あいつは何度でも金をせびってくるに違いない。ヒルみたいな男さ。生きてる価値なんてない」

吐き捨てるように宮崎は言った。

「ひどい男ね」

亜澄は本音で言っている。

殺人の被害者だが、赤尾はロクでもない男に間違いがない。

「そうさ。俺が一生涯懸けて守ってきたものを、金のためにぶっ壊そうとしていたんだからな」

汚いものでも口にしたように宮崎は言った。

「一生涯懸けて守ってきたものって？」

亜澄は宮崎の目を見つめて訊いた。

「晶子さまに決まっているだろう」

まるで怒っているかのような口調で宮崎は答えた。

「あなたは晶子さんを愛していたのね」

亜澄は平らかな調子で訊いた。

「そんな安っぽい言葉で決めつけてほしくないね」

不愉快そうに宮崎は口をつぼめた。

「ごめん。じゃあ詳しく教えて」

亜澄はかるく頭を下げた。

「晶子さまは俺の女神さまなんだ」

頬を染めて宮崎は答えた。

「そうか、そうなのね」

あまり意味のない言葉を亜澄は口にした。

「晶子さまと初めて会ったのは芙蓉映画のスタジオさ。まだ俺は一七の小僧だった。晶子さまは俺の死んだ姉ちゃんにちょっとだけ似てた。俺は岡山県の後月《しつき》郡井原町、現在の井原市の出身だ。姉ちゃんは八歳上で死んだ母親代わりだった。俺は姉ちゃんの背中で育ったんだ。俺がむずかるといつも『ねんねこさっしゃりませ寝た子の可愛さ』って歌ってくれてよ。でも、俺が七つの時に結核で死んじまった。あるとき、助監督に叱られて俺がこっそり泣いていると、晶子さまが声を掛けて下さった。それで子どもだった俺はふるさとの話なんかをした。するとね、歌ってくれたんだ。『ねんねこさっしゃりませ』ってね。晶子さまは都内のお生まれだ。岡山じゃない。でも、本篇で岡山の村の女教師を演じたことがあって、この子守歌を覚えてたんだ。そのとき、俺は姉ちゃんが天国から蘇ったかと思った。だけど、次の瞬間、姉ちゃんなんかと比べものにならないくらいきれいな人だってわかった。神々しいんだよ。光背が輝く女神さまだよ。俺はこの人にお仕えできるなら死んでもかまわないって思った。どんな苦労も厭わないってそう思ったんだ」

宮崎の声は震えた。

「晶子さんを恋人にしたいとは思わなかったのか」

月並みな言葉だと思いながら、元哉は質問した。

「怒るよ、刑事さん。そんな俗っぽい、汚らわしい気持ちじゃない。言ってみれば信仰だよ。そう、俺は晶子さまを信仰してるんだ」

背筋を伸ばして宮崎は答えた。

「なるほどな。そんな気持ちで長年仕えてきたのか」

ゆっくりと元哉はうなずいた。

「俺にはほかに生きる道はなかった。しかも、由布子さんを身ごもってかわいそうでならなかった。俺にできることはなんでもしたかった……なんでもした」

絞り出すような声で宮崎は言った。

このあたりが元哉には理解できなかった。

関川洋介というほかの男の子どもを身ごもっている晶子をかわいそうと感じるのが理解できないのだ。

たしかに、宮崎の晶子に対する愛は特殊だ。

だが、愛は人によってその内容を大きく異にするものだろう。

これが愛のかたちだ、などというものは存在するはずもないのだ。

「合鍵はどうやって手に入れたの？」

いきなり亜澄はジャブを食らわした。

「え……」

宮崎は絶句した。

「だって、関川洋介記念館には合鍵で入ったんでしょ。鍵はどうしたのよ？」

亜澄は宮崎の目を見つめて訊いた。

「そりゃあ……」

宮崎の両の目が泳いでいる。

「あなたは関川家の誰かから鍵を借りてコピーを取ったんじゃないの」

亜澄は重ねて訊いたが、宮崎はうつむいて口をつぐんでしまった。

しばらく待ったが、答えは返ってこなかった。

どうやら、亜澄が言っていたようにこの事件はまだ終わりではないようだ。

「宮崎さん、その人物の名を答えてください。晶子さんはあなたを救おうと、すべてをわたしに話してくれました。あなたは真実を述べるべきです。晶子さんにとって不利になることではないはずです」

しばしの沈黙が漂った。

「わかった。すべてを話す」

思い切った表情で、宮崎は背筋を伸ばした。

「あれは、三月の末だった……。そう、桜が咲いている頃だ……」

宮崎はゆっくりと話し始めた。


「本当のことを話してくれてありがとう」

やわらかい声で亜澄は言った。

「いや……」

ちょっと気抜けした調子で宮崎は答えた。

元哉たちは取調室を出た。

取調室を出た亜澄は難しい顔をしている。

「明日は独自捜査したいな」

ぽつりと亜澄は言った。

捜査本部は横浜地裁に対して宮崎隆之の逮捕状と宮崎宅の捜索差押許可状を請求した。問題なく発給され、翌日、宮崎隆之は赤尾冬彦に対する殺人の罪で署内で通常逮捕された。

元哉と亜澄は家宅捜索から外してもらえた。

その一日、元哉たちは別の捜査を独自に行った。

亜澄のこだわりに応えるためでもあった。

だが、真相はすべて見えてきた。

4

火曜日は細かい雨が降っていた。

傘を差しながら元哉と亜澄は関川家の玄関にいた。

「すみません。県警の小笠原と吉川です」

門のところでインターホンに向けて亜澄は告げた。

またも高代が出てきてドアを開けてくれた。

応接間に進むと、恵智花と服部優美をはじめとした使用人はもとより、蜂屋貞一も来ていた。

元哉たちと恵智花、蜂屋貞一がソファに座り、家事使用人たちは立っていた。

「まず初めに、赤尾冬彦さん殺害事件の犯人を逮捕しました。今日にも記者発表があると思いますが、被疑者の氏名は宮崎隆之。七条晶子さんのお屋敷で勤めていた男です」

宣言するように亜澄は告げた。

部屋全体にざわめきが広がった。

「まぁ……あの方ですか」

恵智花が身を震わせた。

「ご存じでしたか」

亜澄は恵智花の顔を見た。

「ええ、何度か七条晶子さんの運転手さんとしてお越しでした」

驚いたように恵智花は言った。

「関川家の皆さんには、いろいろとご迷惑をおかけしました。ご協力に感謝いたします」

亜澄はゆっくりと頭を下げた。

恵智花たちは、そろってお辞儀した。

「さて、大変恐縮ですが、恵智花さんと蜂屋さん以外の方は席を外して下さい」

亜澄はていねいな調子で頼んだ。

「承知致しました。服部さん、寺西さん一階に下りましょう」

高代は優美と寺西に呼びかけ、三人は応接間を出て行った。

「この事件はこれで終わったわけではありません」

はっきりと亜澄は告げた。

「今日は最後の真実を見極めに参りました」

亜澄はやわらかい声で続けた。

「最後の真実……」

恵智花は首を傾げた。

「まだ、解かねばならない謎は残っているのです」

亜澄は淡々と言葉を続けた。

「いったい、どんな謎ですか」

恵智花が目を瞬かせて訊いた。

「犯人は宮崎という人なのでしょう。それで終わりじゃないのですか」

蜂屋は口を尖らせて訊いた。

亜澄は黙って首を横に振った。

「ところで、僕はなんで呼ばれたんですか」

不安げに蜂屋が訊いた。

蜂屋を今日呼んだのは、もちろん亜澄であった。

「蜂屋さん。あなたには伺いたいことがあります」

亜澄はさらりと言った。

「怖いな。でも、僕にはしっかりしたアリバイがありますから」

蜂屋は笑った。

ちなみに蜂屋のアリバイは裏が取れている。彼は四月一〇日の犯行当時、新橋のホテルにいたことは間違いがない。

「問題は記念館の合鍵なのです」

しかつめらしい顔で亜澄は言った。

恵智花と蜂屋は顔を見合わせた。

「宮崎が記念館に入るときには施設を破壊していません。鑑識が調べたその他の状況からも宮崎は、合鍵で室内に侵入したと考えられます。この鍵を宮崎がどうやって入手したかが問題となってきます」

もったいぶった口調で亜澄は言った。

「でも、鍵は合鍵も含めて、この部屋に置いてあったのですよ」

恵智花は目を瞬かせた。

「その通りです。犯人はあのサイドボードの引き出しに入っている鍵のコピーを使ったのです」

亜澄は口もとにかすかな笑みを浮かべた。

「でも、宮崎さんはこの部屋に入ったことはないはずです。こっそり鍵を取り出すことは無理だと思います。それに鍵はダイヤルロックのキーケースに入っています」

抗議するかのような口ぶりで恵智花は言った。

「宮崎は別の機会に、すでにコピーされた鍵を入手していたのです」

すました顔で亜澄は言った。

「どういうことですか」

不審げな顔で恵智花は訊いた。

「今回の事件には共犯が存在すると、わたしどもは考えております」

亜澄はきっぱりと言った。

「共犯ですって」

かすかに恵智花の声は震えた。

「そうです。宮崎は共犯者から鍵を入手したと思われます」

亜澄は静かな声で告げた。

「この家の者をお疑いなのですか」

ちょっと怯えた調子で、恵智花は訊いた。

「蜂屋さん、あなたは関川家に深く関わっていますね」

恵智花の質問に答えず、亜澄は蜂屋に尋ねた。

「関わっていますよ。由布子さんの病気のことはずっと心配していますから」

蜂屋はまじめな顔つきで答えた。

「それだけでしょうか」

亜澄は強い声で訊いた。

「ほかにいったいなにがあるって言うんです」

突っかかるような調子で蜂屋は言った。

「その質問に答える前に、ここに一枚の書類があります。ある人物の戸籍謄本です。警察は職権で謄本を閲覧することができます。昨日、鎌倉市役所で入手いたしました。恵智花さんにご覧頂きましょうか」

亜澄はおもしろそうに言って、恵智花に書類を渡した。

「えっ！」

恵智花はのけぞった。

美しい瞳がまん丸くなっている。

「どうでしょうか？」

亜澄は恵智花と蜂屋の顔を交互に見入った。

「こんなこと……」

恵智花は言葉を失った。

「この内容に驚かない人は、ただ一人しかいないでしょう。そう、蜂屋貞一さん。あなたです。あなたは由布子さんの法律上の夫です」

亜澄は蜂屋の顔を見据えて言い放った。

「そ、それは……」

蜂屋の顔から血の気が引いている。

「この謄本を見ると、およそ一ヶ月半前に由布子さんが蜂屋さんと婚姻して新戸籍が編製されています。ちなみに新戸籍の筆頭者は蜂屋さんで、関川由布子さんは戸籍上では蜂屋由布子となっています」

とんでもない事実を亜澄はさらりと述べた。

「信じられない。伯母が……」

恵智花がかすれた声で言った。

元哉はこの内容を把握していたが、恵智花は震え上がるほどに驚いている。

「蜂屋さん、あなたは贅沢な暮らしや投資の失敗でおよそ六億に及ぶ借金を抱えていますね。わたしたちはすでに裏取りを終えています。あなたは由布子さんが、がんと診断されて不安定なところにつけ込み、親切ごかしに結婚を承知させたのではないですか。由布子さんに近づいたのがどういう理由かはわかりません。しかし、彼女の覚えめでたく夫の地位を手に入れた。由布子さんが亡くなれば、八億以上に及ぶ関川家の遺産は自分のものですからね」

淡々と亜澄は事実を突きつけた。

「バ、バカな……」

蜂屋は脂汗を流し始めた。

ふたたび亜澄は説明を始めた。

「予想以上に由布子さんの病状が進み、あなたは焦っていた。だから結婚を急いだ。結婚すれば恵智花さんは相続を放棄するでしょうから、あなたは全財産を相続できると考えた。しかし、由布子さんの実母である晶子さんが生存している場合に家庭裁判所による戸籍訂正が認められれば、遺産の三分の一は晶子さんが相続してしまう可能性があります」

亜澄の追及に蜂屋はなにも言えず震えている。

「あの……相続って……どういうことでしょうか」

恵智花は目を大きく見開いて声を震わせて訊いた。

「実は由布子さんの実母は真智子さんではなく、七条晶子さんだったのです。だから、彼女が実の娘である由布子さんの相続人になる可能性はありうるのです」

亜澄は恵智花を見据えて平静な調子で説明した。

「そ、そんな……」

恵智花は言葉を失った。

「由布子さんは洋介さんと晶子さんの子どもで間違いありません」

言葉に力を込めて亜澄は言った。

ガタガタと震えながら、恵智花はうなずいた。

「赤尾も蜂屋さんと由布子さんの結婚の事実を鎌倉市役所の住民票から知っていました。

彼の取得した住民票は曾根昌雄《そねまさお》という行政書士が職務上の権限で取得したものです。もちろん、赤尾の依頼です。調べてみたところ、違法行為すれすれの行為を繰り返しているあまり評判のよくない人物です。関川由布子さんのまわりを嗅ぎ回っていた赤尾は、知り合いの曾根行政書士に住民票を取得させたのです。この取得行為は違法と思われますが、とにかく、赤尾はこの事実をもとにあなたを脅したのです」

亜澄は強い声で言った。

「俺は、俺は……」

蜂屋は舌をもつれさせた。

「由布子さんが七条晶子さんの娘であるという事実に気づいた赤尾は、あなたを脅した。この事実が公表されれば、関川家の財産の三分の一は晶子さんが相続してしまう可能性がある。赤尾は金ほしさに、宮崎とあなたの双方を恐喝していたのです。赤尾が邪魔になったあなたは、宮崎に『晶子さんの名誉を守るため』とそそのかして赤尾を殺させたのですよ。あなたの関与は宮崎から聞き出せました。もうあなたは逃げられない。記念館の鍵は過去に由布子さんから借りてコピーを取っておいたのですね。違いますか？」

蜂屋は亜澄に指摘されたことでガクリとうなだれた。

「なんとか言ったらどうですか」

亜澄が強い声で言うと、蜂屋はゆっくりと顔を上げた。

「そうだよ、鍵は俺が渡した」

低い声で蜂屋は答えた。

「ところで由布子さんは結婚を公表しないことを望んでいたのですか」

重ねて亜澄は問うた。

「そうさ。由布子はクランクアップしていた映画『華齢《かれい》のとき』の公開がすんで、しばらくするまでは結婚について世間に公表しないでくれと頼んでいた。この映画での自分の成功を望んでいたんだ。本人も最後の出演作になると予感していたんだろう。俺にとっても結婚を世間に公表しない方が都合がよかったしな」

半分泣き声で蜂屋は言った。

「実は晶子さん本人から、自分が由布子さんの母であることを世間に公表することはないと伺っています。もっとも晶子さんが相続権を主張するためには、いろいろな問題が山積みです。蜂屋さん、あなたは実体のない影に怯えていたのです」

亜澄は決定的な事実を突きつけた。

「そ、そうなのか……」

蜂屋は床に両膝を突いて左右の手で頭を抱えた。

何億という財産は人のこころを狂わせるのだろう。

元哉は貧乏人の子でよかったと思っていた。

「蜂屋さん、あなたには宮崎に対する殺人教唆及び幇助の嫌疑が掛かっています。鎌倉署までご同道頂けますね」

亜澄は声を張って蜂屋に引導を渡した。

「さぁ、一緒に来るんだ」

元哉は蜂屋の右肩に手を掛けた。

蜂屋は力なく立ち上がった。

その顔はまるで幽霊のようだった。

関川洋介に端を発する事件は、今まさに終局を迎えようとしていた。

「小笠原さん、わたし、いったいどうすれば……」

恵智花は青い顔で声をかすれさせた。

「あなたには関川洋介氏の孫として、彼の輝かしい歴史を後世に伝えるお役目があるのではないでしょうか」

亜澄はやさしく答えた。

黙って恵智花は深々と頭を下げた。

屋敷を取り囲む木々が五月の風に鳴っていた。

エピローグ

次の週の金曜日、元哉は今回の事件に関する書類の作成を続けるために、まだ捜査本部にいた。

被疑者が逮捕されたとしても、刑事にはさまざまな仕事が山積みである。

ようやく帰宅できる見込みとなって、元哉は荷物をまとめて講堂を出た。

階段で一階に下りると、亜澄が地域課の女性警官と話していた。

亜澄は会話を途切れさせ、元哉のほうを向いた。

「いま帰り？」

元哉の顔を見て、亜澄は気楽な口調で訊いた。

「そうだけど……」

気のない口調で元哉は答えた。

「あたしも帰れるんだよ」

「小笠原はまだ仕事あるだろ」

「今日はもう帰っていいって。どうせ明日も忙しいしさ」

亜澄はちょっと顔をしかめた。

「そう、お疲れさん」

素っ気なく元哉は言って、その場を立ち去ろうとした。

「待ってよ。駅まで一緒に帰ろうよ」

ちょっとつよい調子で亜澄は言った。

「捜査中はずっと一緒にいたじゃないか」

ウンザリだという言葉を元哉は呑み込んだ。

「まぁそう冷たいこと言わないでさ」

亜澄は元哉の袖を引っ張った。

「じゃあ駅までだぞ」

しつこいので駅までは一緒に帰ることにした。

ところが駅まで来ると、亜澄は笑顔で言い出した。

「ね、前に行った西口近くの《そば古藤》でお蕎麦食べてかない」

「おお、美味かったな。あそこの蕎麦か……」

ついうっかり元哉は本音を口にした。

亜澄は酒癖が著しく悪い。迷惑を被ったことも少なからずある。

だが、空腹を覚えていたのと、以前食べた蕎麦が抜群に美味しかった記憶が元哉を間違った道へと誘《いざな》った。

「ね、食べに行こう」

「蕎麦食ったらすぐ帰るぞ」

「もちろんだよ、蕎麦食べてくだけだよ」

亜澄はニカッと笑った。

地下道から西口へ出てほんの数分で《そば古藤》に着いて、二人とも今回も盛りそばと天ぷらの盛り合わせを頼んだ。

真っ白でつるっと上品な蕎麦は喉ごしもなめらかで美味しい。

香り豊かな出汁との相性も抜群だ。

揚げ加減のよい天ぷらと相まって元哉は満足した。

だが、もう仕事が終わりだと考えてしまったのがよくなかった。

そこで冷酒をいささか飲んだのが、大間違いだった。

「ねぇ、もう一軒行こうよ。すぐ近くにいいバーがあるんだって」

甘ったるい声で亜澄は言った。

「俺は帰るよ」

くるりと背を向けると、亜澄は元哉の上着の裾を摑んだ。

「事件解決のお祝いじゃん」

振り返ると、亜澄はそれほど酔っているようには見えない。

「じゃ、一杯だけな」

元哉は仕方なく承諾した。

すでにアルコールのせいか、判断力が鈍っている。

まぁ、今回も亜澄の力は大きかった。

彼女の直感に頼ったことで事件は解決の方向に進んだ。

少しくらいは功績を認めてやってもいい。

元哉は亜澄の後に続いて店を出た。

「結局、蜂屋は相続放棄をすることを明言したらしいな」

住宅地から表通りに出て、元哉は亜澄に言った。

残念なことに、関川由布子は日曜日に帰らぬ人となった。

「あたしも蜂屋を取調した捜査員から聞いた。自分の罪を少しでも軽くしたいんだよ」

亜澄はちょっと顔をしかめた。

「たしかに裁判官の心証はまるで違うな。刑期がかなり変わってくるだろう」

元哉はあごを引いた。

「それからさ、関川邸の財産は恵智花さんが相続するわけだけど、彼女は自分のものにするつもりはないみたいよ」

「なんで知ってるんだ」

「彼女に電話してみたの。まだ若いから動揺してると思って。でも、あの子は賢いね。相続財産は関川洋介記念財団の信託財産にして、記念館とお屋敷の維持費用にするみたいよ」

明るい声で亜澄は言った。

「そうか、あの子はこころも美しいんだな」

「なによ、若くてきれいな子にはデレデレしちゃってさ」

少しろれつの怪しい舌で亜澄は毒づいた。


あれからどれくらい経ったのだろう。

まわりの森から照葉樹が吐き出す夜の香りにむせかえるほどだ。

亜澄が馴染みだというバーで飲んでから、今小路沿いのワインバーに移った。

元哉は横浜まで帰るし、ある程度抑えて飲んだ。

だが、鎌倉市内に住んでいる亜澄は手放しだった。

何回もたしなめたが、亜澄はグラスを傾け続けた。

二一時の閉店時刻を待たずして、亜澄は気分が悪いと言って外へ出た。

元哉たちは、今小路を駅へ向かってゆっくりと歩いた。

駅までは三〇〇メートル少しあるはずだ。

「ちょっと休むー」

ふらふらと亜澄は道路の右手にある木々の茂みに入っていった。

亜澄は鎌倉五山の第三位、寿福寺の総門前の石段に座り込んでしまった。

荒い息を吐いていた亜澄は、顔を上げると元哉を見た。

「すっきりしないのよね」

まわらぬ舌でとつぜん亜澄が言い出した。

「なにがだよ」

元哉から不機嫌な声が出てしまった。

「だって、けっきょく顔じゃん」

亜澄は口を尖らせた。

「なんの話してるんだ」

頭を振りながら元哉は訊いた。

「顔がいい女はみんなから大切にされる。あたしはそうじゃないから、いつも放っておかれるんだ」

亜澄はろれつの怪しい舌で言った。

「誰のことを言ってるんだよ」

相手にしていられないと思いつつも元哉は訊いた。

「別に誰ってことはないよ。ただ、顔がいい女はスタート地点が違うんだよ。あたしなんて、すごく後ろからしか走り出せない」

ふて腐れたように亜澄は言った。

「なにひがんでんだよ」

元哉はあきれて答えたが、亜澄は自分の意見を大きな声で続けた。

「女優さんなんてみんなそうだよ。歌手だって、アイドルだって顔がいいからちやほやされるんじゃない」

眉間に深くしわを寄せて亜澄は息巻いた。

「仕方ないだろ。きれいな顔を売りにする商売なんだからさ。男の俳優だってアイドルだって同じだろ」

近所の住宅が気になった元哉は、なだめるように言った。

「そういうのルッキズムって言うんだよ」

亜澄は元哉を睨みつけて叫んだ。

「おいおい」

その手の話が元哉は苦手だ。少なくとも酔っ払って話す内容ではない。

このままひそかに立ち去ろうと、元哉はもくろんだ。

だが、また亜澄は具合が悪くなった。

「うー、気持ち悪い」

亜澄は顔を突っ伏すようにして、背中を丸めた。

「しっかりしろよ」

背後に人の気配を感じた。

「どうしました？」

しわがれた声が響いた。

街灯の灯りに、ひとりの老人と若い男性が立っている姿が照らされた。

「あ、ちょっと飲み過ぎちゃって……」

ばつが悪い思いで元哉は言い訳した。

寝息が聞こえる。

亜澄は眠ってしまったようだ。

「わたしはこの町内会の者だがね。これはなんの騒ぎだね？」

老人は苦り切って元哉に訊いた。

「近所の人から不審者がいると電話があったんですよ。警察に連絡する前にようすを見ようと思いましてね」

若い男は不愉快そうに言った。

「わたしたちは決して怪しい者ではありません」

あわてて元哉は顔の前で手を振った。

「この人を早く連れてってください。そうしていられると近所迷惑なんです」

若い男は冷たい声を出した。

「わかりました」

そのまま踵《きびす》を返して二人は立ち去った。

「おい、小笠原行くぞ」

元哉は亜澄の背中に向かって声を掛けた。

だが、亜澄はそのまま寝入っている。

「俺はバカだ……」

元哉はまたも自分の頭を抱えた。

スマホを取り出した元哉はタクシー会社の番号を探し始めた。

新緑の香りをいっぱいに含んだ夜風が駆け抜けていった。

文春文庫

鎌倉署《かまくらしよ》・小笠原《おがさわら》亜澄《あすみ》の事件簿《じけんぼ》
竹寺《たけでら》の雪《ゆき》

定価はカバーに表示してあります

2024年6月10日　第1刷

著　者　鳴神《なるかみ》響一《きよういち》

発行者　大沼貴之

発行所　株式会社 文藝春秋

東京都千代田区紀尾井町 3-23　〒102-8008
TEL　03・3265・1211(代)
文藝春秋ホームページ　http://www.bunshun.co.jp

落丁、乱丁本は、お手数ですが小社製作部宛お送り下さい。送料小社負担でお取替致します。

印刷製本・TOPPAN

Printed in Japan
ISBN978-4-16-792237-5

（　）内は解説者。品切の節はご容赦下さい。

誉田哲也・大門剛明・堂場瞬一・鳴神響一
長岡弘樹・沢村 鐵・今野 敏

偽りの捜査線
警察小説アンソロジー

刑事、公安、交番、警察犬……。あの人気シリーズのスピンオフや、文庫オリジナル最新作まで。警察小説界をリードする7人の作家が集結。文庫オリジナルで贈る、豪華すぎる一冊。

と-24-70

永瀬隼介

最後の相棒
歌舞伎町麻薬捜査

伝説のカリスマ捜査官・桜井に導かれ、新米刑事・高木は新宿歌舞伎町を舞台にした命がけの麻薬捜査にのめり込んでいく。予想外の展開で読者を翻弄する異形の警察小説。（村上貴史）

な-48-6

中山七里

静おばあちゃんにおまかせ

警視庁の新米刑事・葛城は女子大生・円に難事件解決のヒントをもらう。円のブレーンは元裁判官の静おばあちゃん。イッキ読み必至の暮らし系社会派ミステリー。（佳多山大地）

な-71-1

中山七里

静おばあちゃんと要介護探偵

静の女学校時代の同級生が密室で死亡。事故か、自殺か、他殺か？　元判事で現役捜査陣の信頼も篤い静と、経済界のドン・玄太郎の〝迷〟コンビが五つの難事件に挑む！（瀧井朝世）

な-71-4

長岡弘樹

119

消防司令の今垣は川べりを歩くある女性と出会って……（「石を拾う女」）。他人を救うことはできるのか――短篇の名手が贈る、和佐見市消防署消防官たちの9つの物語。（西上心太）

な-84-1

鳴神響一

鎌倉署・小笠原亜澄の事件簿
稲村ヶ崎の落日

鎌倉山にある豪邸で文豪の死体が発見された。捜査一課の吉川は、鎌倉署の小笠原亜澄とコンビを組まされ捜査にあたるが……。謎の死と消えた原稿、凸凹コンビは無事に解決できるのか？

な-86-1

新田次郎

山が見ていた

夫を山へ行かせたくない妻が登山靴を隠す。その恐ろしい結末とは。少年をひき逃げした男が山へ向かうと。切れ味鋭く人間の業を抉る初期傑作ミステリー短篇集。新装版。（武蔵野次郎）

に-1-46

（　）内は解説者。品切の節はご容赦下さい。

西村京太郎
「ななつ星」極秘作戦
十津川警部シリーズ
太平洋戦争末期、幻の日中和平工作。歴史の真相を探ろうと豪華クルーズ列車「ななつ星」に集った当事者の子孫や歴史学者らに、魔の手が迫る。絶体絶命の危機に十津川警部が奔る！
に-3-52

西澤保彦
黄金色《きんいろ》の祈り
他人の目を気にし、人をうらやみ、成功することばかり考えている「僕」は、人生の一発逆転を狙って作家になるが……。作者の実人生を思わせる、異色の青春ミステリー小説。（小野不由美）
に-13-1

似鳥《にたどり》　鶏《けい》
午後からはワニ日和
「怪盗ソロモン」の貼り紙と共にイリエワニ、続いてミニブタが盗まれた。飼育員の僕は獣医の鴇《とき》先生と事件解決に乗り出す。個性豊かなメンバーが活躍するキュートな動物園ミステリー。
に-19-1

似鳥　鶏
ダチョウは軽車両に該当します
ダチョウと焼死体がつながる？　――楓ヶ丘動物園の飼育員「桃くん」と変態（？）「服部くん」、アイドル飼育員「七森さん」、そしてツンデレ女王の「鴇先生」たちが解決に乗り出す。
に-19-2

貫井徳郎
追憶のかけら
失意の只中にある松嶋は、物故作家の未発表手記を入手するが、彼の行く手には得体の知れない悪意が横たわっていた。二転三転する物語の結末は？　著者渾身の傑作巨篇。（池上冬樹）
ぬ-1-2

貫井徳郎
夜想
事故で妻子を亡くした雪籐が出会った女性・遙。彼女は、人の心に安らぎを与える能力を持っていた。名作『慟哭』の著者が、「新興宗教」というテーマに再び挑む傑作長篇。（北上次郎）
ぬ-1-3

貫井徳郎
空白の叫び
（全三冊）
外界へ違和感を抱く少年達の心の叫びは、どこへ向かうのか。殺人を犯した中学生たちの姿を描き、少年犯罪に正面から取り組んだ、驚愕と衝撃のミステリー巨篇。（羽住典子・友清　哲）
ぬ-1-4

（　）内は解説者。品切の節はご容赦下さい。

貫井徳郎
壁の男
北関東の集落の家々の壁に絵を描き続ける男。彼自身は語らないが「私」が周辺取材をするうちに男の孤独な半生と悲しい真実が明らかに。読了後、感動に包まれる傑作。（末國善己）
ぬ-1-8

乃南アサ
紫蘭の花嫁
謎の男から逃亡を続けるヒロイン、三田村夏季。同じ頃、神奈川県下で連続婦女暴行殺人事件が……。追う者と追われる者の心理が複雑に絡み合う、傑作長篇ミステリー。（谷崎　光）
の-7-1

乃南アサ
暗鬼
嫁いだ先は大家族。温かい人々に囲まれ何不自由ない生活が始まったが……。一見理想的な家に潜む奇妙な謎に主人公が気付いた時、呪われた血の絆が闇に浮かび上がる。（中村うさぎ）
の-7-3

早坂　吝《やぶさか》
ドローン探偵と世界の終わりの館
ドローン遣いの名探偵、飛鷹六騎が挑むのは奇妙な連続殺人。廃墟ヴァルハラで繰り広げられる命がけの知恵比べとは？　定石破りの天才が贈る、意表を突く傑作ミステリ。（細谷正充）
は-56-1

東野圭吾
秘密
妻と娘を乗せたバスが崖から転落。妻の葬儀の夜、意識を取り戻した娘の体に宿っていたのは、死んだ筈の妻だった。日本推理作家協会賞受賞。（広末涼子・皆川博子）
ひ-13-1

東野圭吾
予知夢
十六歳の少女の部屋に男が侵入し、母親が猟銃を発砲。逮捕された男は、少女と結ばれる夢を十七年前に見たという。天才物理学者が事件を解明する、人気連作ミステリー第二弾。（三橋　暁）
ひ-13-3

東野圭吾
ガリレオの苦悩
〝悪魔の手〟と名乗る人物から、警視庁に送りつけられた怪文書。そこには、連続殺人の犯行予告と、湯川学を名指しで挑発する文面が記されていた。ガリレオを標的とする犯人の狙いは？
ひ-13-8

（　）内は解説者。品切の節はご容赦下さい。

東川篤哉
魔法使いは完全犯罪の夢を見るか？
殺人現場に現れる謎の少女は、実は魔法使いだった!?　婚活中の女警部、ドMな若手刑事といった愉快な面々と魔法の力で事件を解決する人気ミステリーシリーズ第一弾。　（中江有里）
ひ-23-2

東川篤哉
魔法使いと刑事たちの夏
切れ者だがドMの刑事、小山田聡介の家に住み込む家政婦マリィは、実は魔法使い。魔法で犯人が分かっちゃったけど、どうやって逮捕する？　キャラ萌え必至のシリーズ第二弾。
ひ-23-3

東川篤哉
さらば愛しき魔法使い
八王子署のヘタレ刑事・聡介の家政婦兼魔法使いのマリィは、数々の難解な事件を解決してきた。そんなマリィの秘密を、オカルト雑誌が嗅ぎつけた？　急展開のシリーズ第三弾。
ひ-23-4

東川篤哉
魔法使いと最後の事件
小山田刑事の家で働く家政婦兼魔法使いのマリィが突然姿を消した!?　だが、事件現場には三角帽に箒を持った少女の目撃情報が……。ミステリと魔法の融合が話題の人気シリーズ完結編！
ひ-23-5

藤原伊織
テロリストのパラソル
爆弾テロ事件の容疑者となったバーテンダーが、過去と対峙しながら事件の真相に迫る。乱歩賞&直木賞をダブル受賞した不朽の名作。逢坂剛・黒川博行両氏による追悼対談を特別収録。
ふ-16-7

福田和代
バベル
ある日突然、悠希の恋人が高熱で意識不明となってしまう。感染爆発が始まった原因不明の新型ウイルスに、人間が立ち向かう術はあるのか？　近未来の日本を襲うバイオクライシスノベル。
ふ-45-1

誉田哲也
妖《あやかし》の華
ヤクザに襲われたヒモのヨシキが、妖艶な女性・紅鈴に助けられたのと同じ頃、池袋で、完全に失血した謎の死体が発見された――。人気警察小説の原点となるデビュー作。　（杉江松恋）
ほ-15-2

（　）内は解説者。品切の節はご容赦下さい。

松本清張
風の視線（上下）
津軽の砂の村、十三潟の荒涼たる風景は都会にうごめく人間の心を映していた。愛のない結婚から愛のある結びつきへ。〝美しき囚人〟亜矢子をめぐる男女の憂愁のロマン。（権田萬治）
ま-1-17

松本清張
事故　別冊黒い画集(1)
村の断崖で発見された血まみれの死体。五日前の東京のトラック事故。事件と事故をつなぐものは？　併録の「熱い空気」はTVドラマ「家政婦は見た！」第一回の原作。（酒井順子）
ま-1-109

松本清張
疑惑
海中に転落した車から妻は脱出し、夫は死んだ。妻・鬼塚球磨子が殺ったと事件を扇情的に書き立てる記者と、国選弁護人の闘いをスリリングに描く。「不運な名前」収録。（白井佳夫）
ま-1-133

麻耶雄嵩
隻眼の少女
隻眼の少女探偵・御陵みかげは連続殺人事件を解決するが、18年後に再び悪夢が襲う。日本推理作家協会賞と本格ミステリ大賞をダブル受賞した、超絶ミステリの決定版！（巽　昌章）
ま-32-1

麻耶雄嵩
さよなら神様
「犯人は○○だよ」。鈴木の情報は絶対に正しい。やつは神様なのだから。冒頭で真犯人の名を明かす衝撃的な展開と後味の悪さが話題の超問題作。本格ミステリ大賞受賞！（福井健太）
ま-32-2

丸山正樹
デフ・ヴォイス　法廷の手話通訳士
荒井尚人は生活のため手話通訳士になる。彼の法廷通訳ぶりを目にし、福祉団体の若く美しい女性が接近してきた。知られざるろう者の世界を描く感動の社会派ミステリ。（三宮麻由子）
ま-34-1

宮部みゆき
とり残されて
婚約者を自動車事故で喪った女性教師は「あそぼ」とささやく子供の幻にあう。そしてプールに変死体が……。他に「いつも二人で」「囁く」など心にしみいるミステリー全七篇。（北上次郎）
み-17-2

（　）内は解説者。品切の節はご容赦下さい。

宮部みゆき
人質カノン
深夜のコンビニにピストル強盗！　そのとき、犯人が落とした意外な物とは？　街の片隅の小さな大事件と都会人の孤独な肖像を描いたよりすぐりの都市ミステリー七篇。（西上心太）
み-17-4

宮部みゆき
ペテロの葬列（上下）
「皆さん、お静かに」。拳銃を持った老人が企てたバスジャック。呆気なく解決したと思われたその事件は、巨大な闇への入り口にすぎなかった――。杉村シリーズ第三作。（杉江松恋）
み-17-10

道尾秀介
ソロモンの犬
飼い犬が引き起こした少年の事故死に疑問を感じた秋内は動物生態学に詳しい間宮助教授に相談する。そして予想不可能の結末が！　道尾ファン必読の傑作青春ミステリー。（瀧井朝世）
み-38-1

道尾秀介
いけない
各章の最終ページに挿入された一枚の写真。その意味が解った瞬間、読んでいた物語は一変する――。騙されては〝いけない〟、けれど、絶対に騙される。二度読み必至の驚愕ミステリ。
み-38-5

湊　かなえ
花の鎖
元英語講師の梨花、結婚後に子供ができずに悩む美雪、絵画講師の紗月。彼女たちの人生に影を落とす謎の男K……。三人の女性たちを結ぶものとは？　感動の傑作ミステリ。（加藤　泉）
み-44-1

湊　かなえ
望郷
島に生まれ育った私たちが抱える故郷への愛、憎しみ、そして憧憬……屈折した心が生む六つの事件。日本推理作家協会賞・短編部門を受賞した「海の星」ほか全六編を収める短編集。（光原百合）
み-44-2

水生大海
きみの正義は　社労士のヒナコ
学習塾と工務店それぞれから持ち込まれた二つの相談事。無関係に見えた問題がやがて繋がり……（表題作）。社労士二年目のヒナコが、労務問題に取り組むシリーズ第二弾！（内田俊明）
み-51-4

（　）内は解説者。品切の節はご容赦下さい。

水生大海
希望のカケラ
社労士のヒナコ
ワンマン社長からヒナコに、男性社員の育休申請の相談が。転職サイトにも会社を批判する書き込みがあったことがわかり……。労務問題×ミステリー、シリーズ第三弾！　（藤田香織）
み-51-5

水生大海
熱望
31歳、独身、派遣ＯＬの春菜は、男に騙され、仕事も切られ、騙す側になろうと決めた。順調に男から金を毟り取っていたが、一転、逃亡生活に。春菜に安住の地はあるか？　（瀧井朝世）
み-51-3

三津田信三
黒面の狐
敗戦に志を折られた青年・物理波矢多が炭鉱で起きる連続怪死事件に挑む！　密室の変死体、落盤事故、黒い狐面の女……。ホラーミステリーの名手による新シリーズ開幕。（辻　真先）
み-58-1

三津田信三
白魔の塔
炭坑夫の次は海運の要から戦後復興を支えようと灯台守の職を選んだ物理波矢多。二十年の時を超える怪異が待ち受けるとも知らず……。大胆な構成に驚くシリーズ第二弾。（杉江松恋）
み-58-2

山口恵以子
月下上海
昭和十七年。財閥令嬢にして人気画家の多江子は上海に招かれたが、過去のある事件をネタに脅される。謀略に巻き込まれた彼女の運命は……。松本清張賞受賞作。（西木正明）
や-53-3

薬丸　岳
死命
若くしてデイトレードで成功しながら、自身に秘められた殺人衝動に悩む榊信一。余命僅かと宣告された彼は欲望に忠実に生きると決意する。それは連続殺人の始まりだった。（郷原　宏）
や-61-1

矢月秀作
刑事学校
大分県警刑事研修所・通称刑事学校の教官である畑中圭介は、小中学校時代の同級生の死を探るうちに、カジノリゾート構想の闇にぶち当たる。警察アクション小説の雄が文春文庫初登場。
や-68-1

（　）内は解説者。品切の節はご容赦下さい。

矢月秀作
刑事学校Ⅱ　愚犯
大分県警「刑事学校」を舞台にした文庫オリジナル警察アクション第二弾！　成長著しい生徒たちは、市内の不良グループの内偵をきっかけに、危険な犯罪者の存在を摑む。
や-68-2

矢月秀作
死してなお
かつて大分県警を震撼させた異常犯罪者・萩谷信。県警の三浦は、彼の半生を調べるため、少ない手掛りをもとに足跡を辿るのだが……。前代未聞の犯罪者はどのようにして生まれたのか？
や-68-4

柚月裕子
あしたの君へ
家裁調査官補として九州に配属された望月大地。彼は、罪を犯した少年少女、親権争い等の事案に懊悩しながら成長していく。一人前になろうと葛藤する青年を描く感動作。　（益田浄子）
ゆ-13-1

横山秀夫
陰の季節
「全く新しい警察小説の誕生！」と選考委員の激賞を浴びた第五回松本清張賞受賞作「陰の季節」など、テレビ化で話題を呼んだ二渡が活躍するD県警シリーズ全四篇を収録。　（北上次郎）
よ-18-1

横山秀夫
動機
三十冊の警察手帳が紛失した——。犯人は内部か外部か。日本推理作家協会賞を受賞した迫真の表題作他、女子高生殺しの前科を持つ男の苦悩を描く「逆転の夏」など全四篇。　（香山二三郎）
よ-18-2

横山秀夫
クライマーズ・ハイ
日航機墜落事故が地元新聞社を襲った。衝立岩登攀を予定していた遊軍記者が全権デスクに任命される。組織、仕事、家族、人生の岐路に立たされた男の決断。渾身の感動傑作。　（後藤正治）
よ-18-3

（　）内は解説者。品切の節はご容赦下さい。

横山秀夫
64（ロクヨン）（上下）
昭和64年に起きたD県警史上最悪の未解決事件をめぐり刑事部と警務部が全面戦争に突入。その狭間に落ちた広報官三上は己の真を問われる。ミステリー界を席巻した究極の警察小説。
よ-18-4

米澤穂信
インシテミル
超高額の時給につられ集まった十二人を待っていたのは、より多くの報酬をめぐって互いに殺し合い、犯人を推理する生き残りゲームだった。俊英が放つ新感覚ミステリー。（香山二三郎）
よ-29-1

米澤穂信
Iの悲劇
無人になって6年が過ぎた山間の集落を再生させる、市長肝いりのプロジェクトが始動した。しかし、住民たちは次々とトラブルに見舞われ、一人また一人と去って行き……。（篠田節子）
よ-29-3

吉永南央
萩を揺らす雨　紅雲町珈琲屋こよみ
観音さまが見下ろす街で、小さなコーヒー豆の店を営む気丈なおばあさんのお草さんが、店の常連たちとの会話がきっかけで、街で起きた事件の解決に奔走する連作短編集。（大矢博子）
よ-31-1

吉永南央
その日まで　紅雲町珈琲屋こよみ
北関東の紅雲町でコーヒーと和食器の店を営むお草さん。近隣で噂になっている詐欺まがいの不動産取引について調べ始めると、因縁の男の影が……。人気シリーズ第二弾。（瀧井朝世）
よ-31-3

連城三紀彦
わずか一しずくの血
群馬の山中から白骨化した左脚が発見された。これが恐るべき連続猟奇殺人事件の始まりだった。全国各地で見つかる女性の体の一部に事態はますます混沌としていく……。（関口苑生）
れ-1-19

（　）内は解説者。品切の節はご容赦下さい。

若竹七海
依頼人は死んだ
婚約者の自殺に苦しむみのり。受けていないガン検診の結果通知に当惑するまどか。決して手加減をしない女探偵・葉村晶に持ちこまれる事件の真相は少し切なく、少し怖い。（重里徹也）
わ-10-1

若竹七海
悪いうさぎ
家出した女子高生ミチルを連れ戻す仕事を引き受けたわたしはミチルの友人の少女たちが次々に行方不明になっていると知って調査を始める。好評の女探偵・葉村晶シリーズ、待望の長篇。
わ-10-2

若竹七海
さよならの手口
有能だが不運すぎる女探偵・葉村晶が帰ってきた！　ミステリ専門店でバイト中の晶は元女優に二十年前に家出した娘探しを依頼される。当時娘を調査した探偵は失踪していた。（霜月　蒼）
わ-10-3

若竹七海
静かな炎天
持ち込まれる依頼が全て順調に解決する真夏の日。不運な女探偵・葉村晶にも遂に運が向いてきたのだろうか？　「このミス」2位、決してへこたれない葉村の魅力満載の短編集。（大矢博子）
わ-10-4

若竹七海
錆びた滑車
尾行中の老女梅子とミツエの喧嘩に巻き込まれ、ミツエの持ち家の古いアパートに住むことになった女探偵・葉村晶。ミツエの孫ヒロトは交通事故で記憶を一部失っていた……。（戸川安宣）
わ-10-5

若竹七海
不穏な眠り
相続で引き継いだ家にいつのまにか居座り、死んだ女の知人を捜してほしいという依頼を受ける表題作ほか三篇。満身創痍のタフで不運な女探偵・葉村晶シリーズ。ＮＨＫドラマ化。（辻　真先）
わ-10-6